ZEHN JAHRE HÖLLE
Wildwestroman von Steffan Witsch

Krachend brach die niederfallende Spitzhacke ein Stück Stein aus dem klumpigen Felsbrocken. Dünner Staub wehte hoch und legte sich wieder. Schweratmend hielt der große, hagere Mann inne, wischte mit dem Handrücken den dreckigen Schweiß von der Stirn. Er trug lediglich eine verschlissene, schiefergraue Sträflingshose. Der von der Sonne gebräunte Körper bestand nur aus Haut und Knochen.

„He, Eastackey, du Bastard!", brüllte ein uniformierter Mann mit brutalen Gesichtszügen und eilte mit schnellen Schritten heran. „Niemand sagte etwas über eine Pause!"

Gnadenlos zog er dem Gefangenen die daumendicke Peitschenschnur über den Rücken. Die spröde Haut platzte wie eine reife Bananenschale und sofort sickerte dunkles Blut aus der Wunde.

Der Bestrafte zeigte keinerlei Schmerz oder Betroffenheit. Er presste die Lippen zu einem schmalen Strich zusammen. Das Gesicht wirkte wie eine steinerne Maske und der Schweiß rann in Bächen über seine hohlen Wangen.

Jim O`Brain, der schlimmste und gemeinste Aufseher des Staatenzuchthauses. Der am meisten gehasste Mann von Yuma. Er suchte und fand immer einen Anlass um seine Macht zu demonstrieren und einen Sträfling zu erniedrigen und niederzuknechten. Höhnisch lachend drehte er sich von den Geschlagenen ab.

Regungslos starrte ihm Bill Eastackey hinterher.

Mörderisch versengte die frühe Nachmittagssonne die ausgetrocknete Erde und tötete jegliche Vegetation. Sie waren vielleicht hundertdreißig Strafgefangene. Männer, gebrochen an Leib und Seele. Von der erbarmungslosen Tageshitze, von der nächtlichen Kälte ausgemergelt, von der sinnlosen, stupiden Steinbrucharbeit abgestumpft. Gebrandmarkte Verbrecher, Mörder, Pferdediebe, Bankräuber, Frauenschänder, von einem Geschworenengericht verurteilt zu fünf, zehn oder noch längeren Freiheitsstrafen. Aber genausogut hätte man sie zum Tode verurteilen können. Denn kaum einer überlebte die Gefangenschaft. Und wenn doch, dann war er für den Rest des Lebens gezeichnet. Willenlos und ohne Lebensmut.

Sie waren untergebracht in Yuma. Zuchthaus von Arizona, an der Grenze zu Mexiko, verschrien als die strengste Strafvollzugsanstalt des Westens. Yuma, das bedeutete Folter und Tod, Angst und Schmerzen und seelische Verstümmelung. Entkommen war so gut wie unmöglich. Eine 5m hohe und 2,5m dicke Betonmauer umgrenzte das Gefängnis. Drei Wachtürme mit den bewaffneten Wächtern verhinderten nahezu jeden Fluchtversuch. Zehn bis zwölf Gefangene waren in einer Zelle eingepfercht, ein einziger Blecheimer für die Notdurft wurde lediglich einmal im Tag geleert. Der fürchterliche Gestank war kaum auszuhalten. Als Schlafunterlage dienten ein Strohlager und eine dünne Wolldecke. Die Insassen vegetierten schlimmer wie jede Kreatur.

Bill Eastackey hob die Spitzhacke und schlug weiter auf die Gesteinsbrocken ein. Das kantige Antlitz war von Narben geprägt und in den grafitfarbenen Augen glomm ein winziger Funken, der kurz vor der Entflammung stand. Es war der Funken des Hasses, der ihn alles überstehen half und ihn am Leben hielt. Ganz Yuma wusste, dass Eastackey nur für diesen Hass lebte. Bill Eastackey, der Unbeugsame, der Mann, der zehn Jahre Juma überlebte und dessen eisernen Willen niemand brechen konnte. Er hatte viele sterben sehen. Sie krümmten sich im roten Staub der Erde, wälzten sich schreiend hin und her und in ihren Augen leuchtete der blanke Wahnsinn. Ihre Körper waren ausgehöhlt, die Zungen hingen aus den Mündern und dann schlugen die Wächter auf sie ein, bis sie verstummten und sich ihre geschundenen Leiber nicht mehr rührten.

Eastackey überlebte sie alle. Er wurde dafür bewundert oder beneidet. Mancher respektierte ihn auch. Weil er stärker und härter war als jeder Insasse, weil er niemals um Gnade winselte, weil er sich nicht unterordnete.

Doch auch er lag schon im Dreck und wollte nicht mehr aufstehen, wollte liegen bleiben und hoffte, dass alles ein Ende nahm. Die Schläge, die Schmerzen, die Erniedrigungen. Dann blickte er auf seine verstümmelte Hand, an der drei Finger fehlten, spürte das verwachsene, steife Knie und der Hass überschwappte ihn wie eine heiße Welle. Diese fressende Verbitterung richtete ihn wieder auf, steigerte sich von Tag zu Tag, von Jahr zu Jahr und ließ ihn nachts nicht mehr schlafen. Der Hass hielt ihn aufrecht, wenn er mit der Spitzhacke Steine zerbröckelte, wenn der klebrige Schweiß in den Augen brannte und die Muskeln wie Espenlaub zu zittern begannen. Die Bitterkeit trieb ihn hoch, wenn O´Brains Peitsche auf seinen Rücken blutige Striemen hinterließ, wenn um ihn die Männer wie Fliegen in der gleißenden Hitze aus den Stiefeln kippten und verreckten.

Er, Bill Eastackey aus Colorado, lebte noch.

„Verdammt, Eastackey, jetzt habe ich endgültig die Schnauze voll!" Wutentbrannt schwang der Ire O´Brain die Peitsche.

Der gemeine Schlag warf Eastackey nach vorne und die Hacke rutschte ihm aus den Händen. Nur mit Mühe unterdrückte er den Schmerzenslaut. Da folgte auch bereits der nächste Hieb und schleuderte ihn auf das harte Felsgestein.

Breitbeinig stellte sich O´Brain über ihn und grinste zynisch auf ihn hernieder. Als Eastackey den Kopf hob und ihn ansah, schlug ihm der Ire die Faust ins Gesicht.

Eastackey fühlte wie die rissigen Lippen aufsprangen und wie das Blut über das Kinn tropfte.

„Steh auf, du Hurenbock", bellte der bullige O'Brain und trat mit den klobigen Stiefeln in Eastackeys Magen. Der öffnete den Mund zu einem stummen Schrei. Der Schmerz zuckte wie Feuer durch den Körper und die Augen füllten sich mit Wasser. Ihm wurde so übel, dass er glaubte sich übergeben zu müssen. „O'Brain, du schaffst mich nicht", würgte er kaum verständlich durch die Zähne. „Hörst du, Jim O'Brain, du schaffst mich nicht. Du wirst mich schon totschlagen müssen, um mich klein zu kriegen. Wenn du mich nicht totschlägst und ich komme eines Tages aus dieser Hölle raus, dann bete zu Gott, dass wir uns nicht irgendwo begegnen."

Böse knurrte der Ire: „Du bist ein harter Bastard, Eastackey, ich weiß das zu schätzen. Du bist länger in Yuma als irgendein anderer. Angeblich bald zehn Jahre. Aber jetzt hast du dein Schicksal besiegelt. Du hast mich eben mit der Harke bedroht und wolltest mir den Schädel einschlagen. Deine Kameraden werden dies bestätigen."

Drohend blickte er in die zurückhaltenden Gesichter der umher Stehenden. „Was ziert ihr euch, Jungs. Ihr seid doch meine Augenzeugen? Ihr habt doch alle gesehen wie Eastackey versuchte mir den Pickel über den Scheitel zu ziehen. Oder nicht?"

Ein paar Sträflinge nickten widerwillig, andere blickten betreten zur Seite. Aber niemand wagte zu widersprechen.

Zufrieden lachte O'Brain: „Ockay, ich sehe wir sind uns einig.- Also dann hoch mit dir Eastackey. Wir marschieren geradeaus ins Mauseloch."

Mühsam rappelte sich Eastackey hoch. Er wusste was auf ihm zukam. Doch es berührte ihn nicht. Kehlig stöhnte er: „Du kannst mich nicht fertigmachen. Ich steckte schon zweimal im Loch und zweimal kam ich auch wieder raus. Ich werde auch ein drittes Mal überleben. Du kriegst mich nicht tot, O'Brain!"

„Warten wir es ab, mein Junge. Vielleicht wünscht du dir bald du wärst tot. Aber ich will dich gar nicht sterben sehen. Ich sollst nur im Dreck kriechen und mir meine Stiefeln blankschlecken. Das ist alles was ich will."
Heftig stieß er Eastackey den Peitschenstiel in den Nacken und trieb ihn vorwärts.
Die Gefangenen starrten ihnen hinterher. Und mancher war froh, dass nicht er an Eastackeys Stelle war.
Einer sagte mitleidig: „Armer Kerl!"
„Warum? Er hat selber Schuld", sagte sein Nebenmann. „Mit O'Brain legt mach sich nicht an. Er sollte das am besten wissen. Er ist lange genug in Yuma."
„Eastackey soll bereits zehn Jahre in Yuma sein", warf ein anderer ein.
„Das weiß ich nicht. Jedenfalls war er lange vor mir da. Ich mache mir keine Sorgen. Solange sich O'Brain mit Eastackey beschäftigt, solange lässt er mich in Ruhe."
Ein weiterer Wächter kam zu der Gruppe. Wütend schrie er: „He, ihr wertloses Gesindel. Das ist kein Erholungsheim. Marsch an euere Arbeit. Schlägt die Steine weich, ihr Pack!"
„Menschenschinder", schimpfte ein Falkengesichtiger grimmig und hämmerte die Eisenspitze auf den Felsen.

***

Steifbeinig hinkte Bill Eastackey den steinigen Pfad zu den verwitterten Backsteinbauten hinunter, in denen die Strafgefangenen und das Wachpersonal hausten. Er machte sich keine Illusionen. Er wusste, O'Brain wollte ihm endgültig das Rückgrat brechen. Zweimal hatte man ihn in den zehn Jahren Gefängnisaufenthalt in das Mauseloch geworfen und beide Male war er nur knapp dem Wahnsinn entronnen.

„Ich muss und werde es wieder überleben", dachte er. „Selbst die Hölle kann mir nichts anhaben."

Aus dem Offiziersheim kam ein Unteroffizier. „Wohin Jim?" rief er. „Ins Mauseloch", erwiderte O'Brain bereitwillig. „Eastackey wollte mir doch tatsächlich den Schädel spalten."

Verständnislos schüttelte der Uniformierte den Kopf: „Verrückter Kerl, wo er doch morgen entlassen werden sollte. Das war reichlich unüberlegt." Gemächlich trottete er in das Gebäude zurück.

Unwillkürlich zuckte Eastackey zusammen. Was sagte der Mann? Morgen sollte er entlassen werden? Heiser sagte er: „Du hast das gewusst, O'Brain, du Teufel wusstest das."

Die beiden Männer bogen um die Ecke des Zellenblockes. „Natürlich habe ich das gewusst", lachte Jim O'Brain selbstgefällig. „Morgen wäre dein Entlassungstag gewesen. Aber den kannst du dir abschminken. Du hast mich tätlich angegriffen, das verzögert deinen Abschied aus Yuma um ein langes Jahr. Das ist ein Geschenk von mir."

„Du kleines, dreckiges Schwein", sagte Eastackey. „Was bist du nur für ein Mensch. Dafür werde ich dich eines Tages töten. Das schwöre ich."

Unbeeindruckt lachte O'Brain.

Dann erreichten sie ihr Ziel. Das Mauseloch. Eine in den Felsboden geschlagene Grube, drei Meter im Quadrat und drei Meter tief. Am Tage ein mörderischer Brutofen, bei Nacht ein eisiger Kühlschrank.

Eastackey blickte in das dunkle Erdloch hinunter.

In seinem Rücken befahl O'Brain: „Los, Mann, spring. Das ist jetzt dein Zuhause für sieben Tage."

Aber Eastackey sprang nicht. Wie angewurzelt blieb er am Rand der Grube stehen.

Da rammte ihm der Aufseher die Fäuste in die Nierenseite und Eastackey sank in die Knie.

„Jetzt mache ich dich endgültig fertig", triumphierte O'Brain. „Wenn du wieder aufwachst, wirst du dir wünschen, du wärest nicht geboren." Barbarisch schlug er weiter.

Eastackey prallte auf die felsige Erde und wurde halb bewusstlos. Wie von Sinnen stiefelte O'Brain auf den Wehrlosen ein, solange bis dieser blutüberströmt vor ihm lag und sich nicht mehr rührte. Ohne Mitleid sagte er laut: „Ich denke das reicht, Amigo, wenn du Glück hast, kann man dich noch als Spucknapfreiniger gebrauchen."

Mit weiteren Fußtritten beförderte er den Ohnmächtigen über den Grubenrand. Er beobachtete den Sturz ins Nichts und hörte dann den geräuschvollen Aufprall des Fallenden. Abfällig spuckte er auf die regungslose Gestalt hinab. Dann winkte er vier patrollierende Wachleute zu sich heran und gemeinsam schleiften sie eine wuchtige Steinplatte über den tiefen Graben.

Zurück blieb ein geschundener und zusammengekrümmter Menschenkörper, über den sich tiefschwarze Dunkelheit legte. Die intensiven Qualen ließen Bill Eastackey irgendwann erwachen. Äußerst vorsichtig änderte er seine unbequeme Lage. Er lehnte sich an die grobe Felswand, zog die Knie heran und hoffte auf das Abklingen der Schmerzen.

„Ich habe es geschafft", schoss es ihm jäh in den Kopf. „Ich habe zehn Jahre Hölle überlebt. Bald bin ich frei!" Und auf einmal spürte er auch keine große Not mehr. Nur speiübel wurde ihm und er übergab sich. Er presste beide Hände gegen den rebellierenden Magen, starrte gegen den Deckenabschluss und konnte doch nichts erkennen. Über ihm und um ihm herum die totale Finsternis.

„Roland Buck, ich komme", schrie er unvermittelt in die schwarze Tinte. „Bert Sulfast, ich komme und serviere euch die Rechnung. Die Rechnung für zehn Jahre Hölle. Zahn um Zahn, Auge um Auge."

Ein gespenstisches Gelächter beutelte seinen blutgeschwächten Körper und der tödliche Hass sägte in seiner Brust. Wild rief er: „Ich habe zehn Jahre Kasernierung hinter mir und was auf euch zukommt wird schlimmer als ein Hurrikan sein. Eine Kugel für jedes Jahr..."

Wieder das unbeherrschte Lachen.

Roland Buck, ich komme...

Bert Sulfast, ich komme...

Das Lachen starb ab und Eastackey übergab sich erneut. Schlagartig meldeten sich die Schmerzen zurück und wüteten wie glühende Kohlen in den Wunden.

„Ich halte diese Pein nicht mehr aus", dachte er gequält. „Ich glaube ich werde verrückt."

Nacktes Entsetzen packte ihn und der Herzschlag beschleunigte sich. „Nein, nein", sagte er laut um sich zu beruhigen. „Nur nicht verrückt werden. Nur das nicht. Die Schmerzen sind ja erträglich. Du hast schon schlimmeres überstanden. Denk an etwas anderes, Billy. Denk an Roland Buck und Bert Sulfast. Und gleich fühlst du dich besser. Denk nur an Roland Buck, sonst an nichts, nur an Roland Buck..."

Laut redete Bill Eastackey in die rabenschwarze Düsterkeit hinein. Und plötzlich stand die Vergangenheit vor ihm, klar und deutlich, als wäre alles erst gestern gewesen. Eingebrannt in der Seele, für immer eingeschweißt in der Erinnerung, niemals vergessend, niemals verzeihend...

***

Es war Tanz in Denver City.

Der Golden-Hill-Palast drohte wegen Überfüllung zu platzen. Laute Countrymusik hämmerte auf die Hauptstraße.

„Yippiejee, die Jungs von der Silver-Ranch sind da", jubelte der junge Billy Eastackey und schob den Hut unternehmungslustig in den Nacken. Behende sprang er die wenigen Treppen zur Veranda des Saloons hinauf. Billy war 19Jahre, offenes, sympathisches Gesicht, schlaksige Figur, pechschwarze Haare. Für diesen Samstagabend hatte er den besten Anzug aus dem Schrank geholt. Die ganze Woche freute er sich schon auf den Tanz. Er war Wildpferdzureiter auf der Silver-Ranch. Ein harter Knochenbrecherjob. Vierzig Dollar im Monat, Kost und Logier frei. Einmal im Monat ein freies Wochenende. Heute war es wieder soweit. In der Anzugsjacke steckten vierzig Mäuse und die wird er in dieser Nacht verprassen.

Die Freunde Audie Long, Tom Over und Max Brand, genau wie er Cowboys von der Silver-Ranch, folgten ihm begeistert.

Hoffnungsvoll sagte Billy: „Ob Ellen schon da ist? Sie hat mir den ersten Tanz versprochen!"

Audie Long, dessen dunkles Haar leicht gekräuselt war, grinste breit und gab ihm einen leichten Stoß. „Geh voraus, verliebter Kauz. Dein Mädchen wartet bereits."

„Idiot!" schimpfte Billy gutmütig und stieß die gläserne Eingangstür auf. Stimmengeschwirr, Tabaksqualm, Whiskydunst und dröhnende Musik schallte den vier Freunden entgegen.

„Yippiejee!" schrie Billy in den Saal hinein und warf den Hut in die rauchgeschwängerte Luft. „Macht Platz für die glorreichen Vier von der Silver-Ranch!" Geschickt fing er den Hut wieder auf.

„Yippiejee!", hallte es aus vielen Kehlen zurück.

Zielbewußt drängten die vier Cowboys durch das Getümmel zur langen, vollbesetzten Bartheke.

Der Pianist Kurt Cock hämmerte wie verrückt auf die Klaviertasten ein und der Schweiß perlte über sein Honiggesicht.

Bereitwillig machte man den Freunden am Tresen Platz.

„Zuerst spülen wir den Staub mit ein paar Drinks hinunter", schlug Tom vor. „Mann, ich bin am verdursten."

„Deine beste Idee an diesem Tag", lobte Billy und seine Blicke wanderten über die ausgelassenen Gäste, weiter zu den fröhlich Tanzenden auf der großen Bühne. Endlich entdeckte er die angebetete Ellen Cortwigth. Meerblaue Augen, kirschrote Lippen, ein Gesicht wie aus Elfenbein, herrlich goldglänzendes, weit über die Schulter fallendes Haar. Sie tanzte gerade mit dem alten Sheriff Roy Baker und sie war bestimmt die schönste Lehrerin, die jemals in Denver unterrichtete. Auch sie bemerkte Billy und winkte ihm unter der Menge zu. Dabei rief sie etwas, aber ihre Worte gingen im Lärm unter.

Mit Handzeichen versuchte er ihr mitzuteilen, dass er den nächsten Tanz für sich beanspruchte.

Sie schien zu verstehen und nickte ihm strahlend zu.

Er wandte sich wieder an die Bar.

„Mike, einen Doppelten", bestellten die Freunde im Einklang.

Der Wirt Mike Sanders lachte und schenkte die Gläser voll.

Die vier griffen gleichzeitig danach und sahen sich feierlich an.

„Cheers", sagte Billy.

„Cheers", Sie leerten die Gläser in einem Zug.

„Mike...", sagte Billy.

„...noch einen...", fuhr Audie fort.

„...doppelten...", fügte Max an.

„... Whisky!" vollendete Tom den Dialog.

Kurt Cock setzte zum Schlußstakkato und Billy schaute ihm bewundernd zu. „Mann", staunte er. „Kurt ist der Allergrößte in Colorado. Keiner haut in die Tasten wie er."

„Unsinn, das kann ich auch", tat der zur Fülle neigende Max geringschätzig. „Du solltest mal mich hören. Dann glaubst du, Kurt wäre ein Greenhorn."

Billy tippte sich an die Stirn: „Hört Euch diesen Angeber an. Jetzt schnappt er über, was Freunde?"

Audie grinste, dass seine Ohren Besuch bekamen. „Warst du schon einmal dabei, als Max Klavier spielte?"

„Natürlich", erwiderte Billy todernst. „Damals sind mir die Mustangs durchgegangen und ich benötigte drei Tage, bis ich die verstörten Biester wieder eingefangen hatte."

Haha", machte Max auf Beleidigt.

Billy Eastackey stellte das leere Glas auf den Tresen. „Entschuldigt mich, Kumpels. Ich muss weg. Ich habe ein Rendezvous."

Er dreht ab und steuerte schnurstracks auf die hinreißende Ellen Cortwigth zu, die ihn mit einem Lächeln empfing.

Aufeinmal wirkte er ganz schüchtern, der gutaussehende, hochgeschossene Cowboy mit dem schwarzen Haar. Die Menschen um ihn herum wurden zu Statisten. Es gab nur noch das wunderschöne Mädchen und den hölzernen Pferdebändiger. Hilflos suchte er nach Worten. „Hallo, Ellen", stotterte er schließlich. Mehr fiel ihm nicht ein.

Ganz nah trat Ellen an ihn heran, so nahe, dass ihm der Duft ihres Parfüms die Sinne vernebelte und bevor er begriff, küsste sie ihn vor allen Leuten mitten auf den Mund.

Billys Pulsschlag beschleunigte rasant von hundertzwanzig auf zweihundertdreißig. Rücksichtsvoll und doch bestimmt führte er sie mit sanften Druck durch das Getümmel zum Hinterausgang ins Freie.

Der nachtblaue Himmel war übersät mit blinkenden Sternen und die Luft war lau und prickelnd.

„Ellen", flüsterte er rau und küsste sie. Ellen schlang beide Arme um seinen Hals und drängte sich hingebungsvoll an ihn. Er fühlte ihr Herzklopfen und hätte lautstark jubilieren können vor Glück. Nach einer Ewigkeit lösten sich ihre Lippen voneinander und ihre Augen tauschten verliebte Blicke.

Aus der Bar erklang Kurt Cocks Piano. Er spielte das Lied vom Longsome Star, die traurige Geschichte vom einsamen Cowboy, der allein in den Sonnenuntergang reitet.

„Komm, Darling", sagte Billy und nahm ihre Hand. „Lass uns tanzen." Sie schoben sich auf die Tanzfläche. Engumschlungen wiegten sie sich im Takt der Musik.

Und dann brach jählings das Unheil über sie herein. Es kam wie ein Blitz aus heiterem Himmel, ohne Vorwarnung und es war nicht aufzuhalten.

Die Eingangstür knallte an die Innenwand und drei unrasierte, verwahrlost aussehende Männer mit tiefhängenden Revolvern schneiten in den Saloon. Der erste Mann hieß Roland Buck. Groß und mager, Mitte der Dreißig. Brutale Gesichtszüge, stechende Augen. Im oberen Gebiss fehlten drei Schneidezähne. Buck ähnelte einen verschlagenen Wolf.

Bert Sulfast, der zweite Mann, war klein und untersetzt, mit dem spitzen Gesicht einer Ratte. Auch er war um die dreißig Jahre. Seinen Revolvergriff zierten dreizehn Kerben. Sulfast war ein Killer mit purer Lust am Töten.

Der Dritte im Bunde, Terry Woolth, erinnerte fatal an einen Hamster. Dicke, aufgeblasene Wangen, zwei übergroße, breite Vorderzähne. Der Gestalt nach war er noch kleiner wie Sulfast. Er war abgrundtief hässlich, feige und hinterhältig. Er mordete am liebsten, wenn ihm der Gegner den Rücken zukehrte.

Bei ihrem Eintreten wurde es im Golden Hill Palast augenblicklich grabesstill.

In Denver nannte man sie die ‚Drei Raubtiere'. Ihre Gegenwart bedeutete Mord und Terror, nackte Gewalt und Gesetzesbruch. Und niemand wagte ihnen Einhalt zu gebieten. Sheriff Roy Baker war zu alt und zu müde um gegen sie vorzugehen und dem Gesetz Genüge zu tun. Die ‚Raubtiere' waren nur von Zeit zu Zeit in Denver. Aber wenn sie die Stadt wieder verließen, verblutete immer ein Mann im Staub der Straße.

Fispelnd fragte Woolth und dabei sprühte ein Speichelregen aus seinem Mund: „Warum tanzt niemand mehr, Roland? Und warum hat die Musik aufgehört zu spielen? Ich möchte auch gerne tanzen."

„Natürlich darfst du tanzen, Terry. Wir sind ja zum Vergnügen da", nickte Buck. „Doch wir wollen keinen Streit vom Zaun brechen. Keinen Streit mit den Gästen."

„Ich will tanzen", beharrte Woolth eigensinnig.

„Geduldige dich ein wenig", sagte Buck. „Wir genehmigen uns zuerst einen Whisky. Oder hast du keinen Durst?"

„Einen Whisky? Oh, wie schön, Roland". Es fehlte nicht viel und Woolth hätte in die Hände geklatscht. Er besaß die Intelligenz eines siebenjährigen Kindes. Man erzählte sich, Woolths Vater habe das Baby im Vollsuff an die Zimmerwand geworfen.

Im Gleichschritt marschierten die ‚Drei Raubtiere' an die Theke. Noch wagte niemand sich auch nur zu räuspern.

Furchtsam stellte ihnen der Wirt ein volle Flasche Whisky und drei Gläser hin. Während Terry Woolth gleich aus der Flasche trank, rief Buck maßregelnd dem Klavierspieler zu: „Was ist los mit dir, Cock? Bist du eingeschlafen, Kerl? Beweg endlich deine Arschfinger. Oder brauchst du eine extra Einladung?"

Kurt Cock erbleichte und begann zögernd zu spielen.

„Nicht so müde! Ein bisschen flotter. Wir sind nicht auf einer Trauerfeier."

Cock spielte schneller. Doch keiner tanzte. Einige der Gäste stahlen sich klammheimlich zum Ausgang.

„Kleiner", sagte Buck zu dem Hamstergesichtigen. „Suche dir eine hübsche Puppe und zeige ihr was ein richtiger Tänzer ist."

Diesmal klatschte Woolth begeistert in die Hände: „Fein, fein, Roland!" Er rückte den schweren Revolvergurt zurecht und watschelte o-beinig auf die Tanzbühne. Feindselig starrten ihn die Männer an und die eingeschüchterten Mädchen blickten schnell zur Seite, als er sie mit gierigen Augen musterte.

Woolth rempelte die Paare auseinander und hielt Ausschau nach einem Mädchen, das ihm gefiel. Unvermittelt stand er vor Ellen Cortwigth und Billy Eastackey.

Überrascht pfiff er durch die gelben Zähne: „Donnerwetter, was für eine geile Braut. Und das in diesem langweiligen Nest. Du bist ja die reinste Schönheit, mein Schleckermäulchen. Komm her zu mir, wir schwingen beide das Tanzbein oder willst du gleich mit in mein Bettchen?"

Lüstern langte er nach Ellens Arm.

Da schlug ihm Billy hart auf die Hand.

Erschrocken wich Woolth zurück und stotterte: „Aber...aber, was soll das? Warum tust du das?"

„Hau ab, Hamsterbacke", sagte Billy furchtlos. „Oder ich hau dich aus den Stiefeln. Verschwinde und such dir ein anderes Girl. Das ist mein Mädchen. Also nimm deine öligen Hände von ihr."

Weinerlich verzog sich Woolths Gesicht. „Roland, Bert!" heulte er laut. „Helft mir, hier hat mich einer geschlagen."

Ruhig und gelassen näherten sich Buck und Sulfast. Widerwillig öffnete sich für sie eine Menschengasse.

„Wer hat dich geschlagen, Kleiner?" fragte Buck freundlich.

Mit ausgestrecktem Zeigefinger deutete Woolth auf den gespannt abwartenden Cowboy. „Der Schuft will mich nicht mit seinem Püppchen tanzen lassen."

„Wieso, was hast du gegen einen harmlosen Tanz, mein Junge?", erkundigte sich Buck und begutachtete den jungen Billy mit einer gewissen Neugier. „Wir möchten keinen Trouble, Junge. Entschuldige dich bei meinem Freund, erlaube ihm mit deinem Mädchen zu tanzen und wir vergessen deine Aufmüpfigkeit."

„Das werde ich nicht tun", sagte Billy bockig.

Hastig warf Ellen ein: „Natürlich entschuldigt er sich!" Vielleicht erkannte sie als einzige die drohende Gefahr, in der Billy schwebte und die ihn tödlich einkreiste.

„Bist du verrückt, Ellen?" wehrte er sich heftig. „Ich entschuldige mich auf keinen Fall. Warum auch? Die Hamsterfratze hat angefangen. Sie soll sich zum Teufel scheren."

Bucks Blick nahm an Interesse zu: „Warum willst du den Helden spielen, mein Junge? Helden sterben früh."

„Ich bin nicht Ihr Junge!" protestierte Billy heiser. „Der Hamster soll mein Mädchen in Ruhe lassen. Sonst schlage ich ihm die Schneidezähne aus dem Maul!"

„Ich will mit diesem scharfen Girl tanzen", forderte Woolth.

„Natürlich wird sie mit dir tanzen", beruhigte ihn Buck.

„Alles klar, ich tanze mit ihm", sagte Ellen und trat auf den Hässlichen zu.

Aber Billy hielt sie am Oberarm zurück. „Du wirst nicht mit diesem Schmierfinger tanzen", sagte er stur wie ein Maulesel.

„Du tust mir weh", stöhnte Ellen. Sie wollte ihm doch nur helfen, hatte furchtbare Angst um ihn.

Tödlich sanft sagte Roland Buck: „Du hast es gehört, Jungchen. Zieh endlich Leine. Dein Mädchen wünscht mit Terry zu tanzen."

„Das erlaube ich nicht", sagte Billy unbelehrbar.

Blitzschnell schlug Buck zu.

Viel zu langsam reagierte Billy und er konnte dem unerwarteten Schlag nicht mehr ausweichen. Der Faust landete auf Kinn und Unterlippe. Sofort schmeckte Billy das Blut auf seiner Zunge.

„Du Hund!", fluchte er und stürzte sich ungestüm auf Buck. Dabei stolperte er über den ausgestreckten Fuß von Woolth. Er verlor das Gleichgewicht und taumelte gegen Buck, der ihn mit einem Aufwärtshaken empfing.

Der seitlich neben Billy stehende Sulfast drosch ihm ebenfalls die Fäuste in die Lebergegend.

Voller Angst schrie Ellen Cortwigth. Weinend musste sie mit ansehen, wie die drei Männer erbarmungslos auf Billy einprügelten.

Audie Long wollte sich von der Theke lösen um dem Freund beizuspringen. Doch Tom Over hielt ihn auf.

„Wir müssen eingreifen. Er ist unser Kumpel", drängte Long. „Warum hältst du mich zurück?"

„Bist du lebensmüde? Die drei Raubtiere schießen uns in Stücke. Wir können nichts tun!"

Max Brand sagte schnell: „Außerdem ist Billy selber schuld. Was ist schon ein harmloses Tänzchen. Billy hat es eindeutig übertrieben. Vielleicht ist es gar nicht schlecht für ihn, wenn ihm jemand eine Lektion erteilt. Er wurde schon ganz schön hochnäsig. Nur weil eine eingebildete Kinderlehrerin ihm schöne Augen machte."

„Was redest du für einen Stuss, Max?", erwiderte Long verärgert. „Wir müssen Billy helfen. Sie schlagen ihn zum Krüppel. Verdammt, er ist unser Freund, wir können nicht dasitzen und zuschauen."

„Dann sieh weg", sagte Tom Over rau. „Wir haben keine Chance gegen diese Killer. Sie pumpen uns voll Blei, bevor wir mit den Wimpern zwinkern. Wir können Billy nicht helfen."

Und sie halfen ihm nicht. Niemand im Saloon erhob sich um Billy Eastackey beizustehen. Alle schauten beiseite und in ihren Gesichtern stand das schlechte Gewissen.

Die Furcht breitete sich wie eine Seuche aus. Blut und Schande ergoss sich über die Stadt Denver.

„Hahaha", lachte Roland Buck hämisch und seine Zunge spitzelte durch die obere Zahnlücke. „Haha, du großer Knabe, ist das alles was du einstecken kannst? Die paar Schläge werfen dich um? Bist du wirklich so ein Schwächling? Komm schon, steh auf, du wirst doch nicht schlapp machen!"

Auf allen Vieren kroch Billy am Boden und versuchte hochzukommen. Er sah übel aus. Die linke Augenbraue hing ihm über das Lid, die Lippen aufgeplatzt, die Wangenknochen blutig geschlagen, aus den Nasenlöchern strömte das Blut, die Jacke und das Hemd zerfetzt.

„Erheb dich, komm schon, auf die Füße mit dir", stichelte Woolth und stierte fasziniert auf den Jungen, der sich mit letzter Kraft hochstemmen wollte. Als er es halb geschafft hatte, trat ihm Woolth wuchtig den schweren Reiterstiefel gegen die Kniescheibe. Es krachte und splitterte im Knochen und Billy wälzte sich schmerzschreiend auf den sägemehlbestreuten Brettern.

„Aufhören, aufhören", kreischte Ellen Cortwigth und warf sich verzweifelt dazwischen. „Ihr bringt ihn ja um!"

Roland Buck wischte ihr eine schallende Ohrfeige und sie prallte zurück.

Wie ein kleines Kind kicherte Woolth.

„Ihr dreckigen Schweine", heulte Billy gepeinigt. „Lasst sie zufrieden. Sie hat euch nichts getan. Wenn ihr Ellen was antut, bringe ich euch um!"

„Du bringst niemanden um", lachte Woolth und hüpfte beidfüßig auf Billys Bauch.

Der Schmerz raubte Billy fast den Verstand. In den Ohren dröhnte es wie verrückt und der riesige Saal fing an sich im Kreis zu drehen. Aus weiter Ferne raunte eine Stimme: „Nimm doch deinen Colt. Wenn du ein Mann bist, nimm deine Knarre. Oder trägst du die nur zum Spaß?"

Brutal riss Buck den halb besinnungslosen Billy an den Haaren hoch und Woolth schrammte ihm den gesenkten Kopf in die Magengrube.

Eisern hielt Buck den blutspuckenden Billy fest und Woolth bearbeitete ihn intensiv mit den Fäusten. Dabei höhnte er gellend: „Zieh endlich dein Eisen!"

Indessen umklammerte Bert Sulfast von hinten die weinende Ellen und zerfetzte ihre Seidenbluse. Sie versuchte sich zu befreien, aber

Sulfast Arme waren wie Schraubstöcke. Gierig begrapschte er ihren schwarzen Büstenhalter, schob die Träger zur Seite.

Ellen schrie wie am Spieß.

„Oh, ihr feigen Schweine", stammelte Billy hilflos. Die Augen bis zu einem kleinen Spalt zugeschwollen, das Gesicht eine einzige blutige Fleischmasse, konnte er trotzdem noch die Misshandlung Ellens erkennen. Aber er war machtlos etwas dagegen zu tun.

Als Roland Buck endlich Billy ausließ, fiel dieser wie ein nasser Sack in sich zusammen. Die Schmerzen im zertrümmerten Knie, das Brennen der Wunden im Antlitz, das war alles nichts gegen die Hilfeschreie seines Mädchens. Die eigene Schwäche ließ Billy verzweifeln. Er glaubte sein Schädel zerspringe in tausend Scherben. Von irgendwoher rauschte eine Stimme in sein Ohr: „Hole dir dein Schießeisen, Schlappschwanz!" Sie ging ihm nicht mehr aus dem Kopf, diese Stimme: „Hole dir dein Schießeisen!"

Dann vernahm er eine andere Stimme, dünn und flehend: „Tue es nicht, Billy, tu es nicht! Sie werden dich töten!" Es könnte Ellen gerufen haben, aber sicher war er sich nicht.

Billy rollte sich über die Schulter und hatte plötzlich den Revolver in der Hand.

„Vorsicht, Terry!" brüllte Roland Buck warnend und langte nach seiner Waffe. „Er hat die Kanone, verdammt, er hat die Kanone...!"

Auf dem Rücken liegend konnte Billy nur noch Schatten und Konturen erkennen, die Hand mit dem 45er suchte ein Ziel.

Der über ihm stehende Terry Woolth war unfähig sich zu bewegen oder irgendwas zu tun. Er dachte gar nicht mehr daran nach seiner Waffe zu greifen. Fasziniert stierte er in die schwarze Mündung aus der unmittelbar der tödliche Schuss kommen musste.

Feuerspeiend entlud sich Billys Revolver. Die Bleikugel zerstörte Woolths hässliche Fratze, löschte jählings die Heimtücke aus seinen

Augen. Kein Schrei kam ihm über die Lippen als sein Körper tot auf den Dielen prallte.

Fast gleichzeitig mit Billy feuerte auch Roland Buck. Sein Geschoss prellte Billy die Waffe aus den Händen.

Ungläubig starrte der Junge auf seine bluttriefende Hand. Die Kugel hatte ihm drei Finger abgetrennt. „Oh, Gott im Himmel", klagte er. „Warum hilft mir denn niemand? Wo sind all meine Freunde?"

„Schieß den Bastard tot", hetzte Bert Sulfast, der immer noch die halbnackte Ellen Cortwigth gewaltsam festhielt. „Was zögerst du, Roland? Blase ihm das Scheißgehirn aus dem Schädel!"

Unendlich langsam hob Roland Buck die Revolverhand und visierte den blutverschmierten Kopf des Jungen an. Sein Zeigefinger berührte den Abzug. Sekunden tropfen dahin. Aber dann senkte er den Coltlauf nach unten. „Nein!" sagte er.

Sulfast verstand das nicht: „Was ist, Roland? Warum knallst du ihn nicht ab? Erschieß den Bastard oder soll ich es tun?"

„Nein, keiner von uns wird ihn erschießen", schüttelte Buck das Haupt. „Ich habe eine bessere Idee, Bert. Eine viel bessere Idee. Eine Kugel wäre viel zu schade für den Cowboy."

„Was hast du vor, Roland? Willst du ihn aufhängen?"

„Viel besser. Das was er getan hat, der Junge, war ein Mord, ein eiskaltes Verbrechen an einen Wehrlosen. Terry besaß nicht den Hauch einer Chance."

Gespannt lauerte Sulfast: „Nun sage es schon. Worauf willst du hinaus?"

„Wir schleppen den Burschen vor ein Gericht. Wir werden dafür sorgen, dass er wegen Mordes verurteilt wird und ins Zuchthaus kommt. Und weißt du auch in welches?"

Jetzt begriff Sulfast. „Yeah", sagte er und kratzte sich hinter dem Ohr. „Ich weiß welches Gefängnis du meinst, Roland. Dein Einfall ist grandios. Wir schicken dieses Stinktier nach Yuma. Einfach fabelhaft!"

Wie auf Kommando begannen die beiden prustend loszulachen.

Schlapp kippte Billy Eastackeys Haupt nach hinten. Er wurde ohnmächtig.

***

Zwei Wochen später folgte die Gerichtsverhandlung.

Die Stadt Denver wusste bereits vorher wie das Urteil ausfallen würde.

Die zwei Raubtiere übernahmen die Macht im Bezirk. Wer aufbegehrte wurde kurzerhand erschossen. Den alten Sheriff Roy Baker enthob man aus dem Amt und Roland Buck ernannte sich eigenständig zum neuen Gesetzeshüter und Bert Sulfast zu seinem Deputy. Angst und Unterdrückung bestimmte fortan das Leben der Bürger.

Die zwölf Geschworenen sprachen Billy Eastackey ‚Schuldig' und in ihren Augen brannte die ungeheure Last der Lüge.

„Ihr Alle werdet den Tag verfluchen, an dem ihr mich verurteilt habt", schrie der junge Billy in den vollbesetzten Gerichtssaal hinein. „Verflucht sei euere Seele und euere heuchlerischen Zungen. Keine Nacht sollt ihr mehr ruhig schlafen können. Gott wird euch eines Tages bestrafen. Diese Schuld werdet ihr für immer tragen. Das Höllenfeuer wartet schon auf euch!"

Der weißhaarige Richter donnerte den Holzhammer auf das Pult: „Ruhe im Gericht! Ich verkünde das Urteil der Geschworenen. Der neunzehnjährige Bill Eastackey erschoss am 18. Juli den waffenlosen Geschäftsmann Terry Woolth aus niedrigen Instinkten. Ein gemeiner, hinterlistiger Mord. Das Urteil lautet einstimmig: 'Schuldig!' Bill Eastackey muss für zehn Jahre in das Staatengefängnis Yuma. Der

Transport ist morgen fünf Uhr früh. Die Verhandlung ist damit beendet."

„Ich komme zurück!" peitschte die helle Stimme des Jungen durch den großen Raum und manchen Bürger jagte ein Schauer über den Rücken. „Roland Buck, Bert Sulfast, ich komme wieder zurück in die Stadt und dann Gnade euch Gott!"

Roland Buck weilte im Zuschauerpublikum und lachte unbeeindruckt: „Du wirst nicht mehr zurückkommen, Mörder. Du wirst deine Strafe nicht überleben. Du bist so gut wie tot, mein Junge, du weißt es nur nicht. Niemand überlebt zehn Jahre Yuma. Kein Mensch auf der Welt. Auch du nicht!"

In machtloser Wut ballte Billy Eastackey die Hände zu Fäusten und tobte: „Ich werde es schaffen und nach Denver zurückkehren. Zehn Jahre sind keine Ewigkeit. Wenn es eine Gerechtigkeit gibt, dann komme ich wieder..."

***

Das war die Geschichte von Bill Eastackey. Die Tragödie von gestern. Nun waren zehn harte, lange Jahre vergangen und er, Bill Eastackey, hatte die Hölle in Yuma überlebt. Der Tag der Abrechnung und der Rache rückte immer näher. Die Zeit war reif...

***

Am neunten Tag holten die Männer Bill Eastackey aus dem Mauseloch. Halb verhungert und verdurstet kauerte er in der engen Steingrube. Schwer und unregelmäßig rasselte sein Atem. Er hockte in den eigenen Exkrementen und stank fürchterlich. Als die Felsplatte hochgehievt wurde, fiel gleißendes Sonnenlicht in sein Gefängnis und geblendet kniff er die Augen zu.

Sie warfen ihm ein langes Lasso zu, er knotete es ungeschickt um den Oberkörper und dann zogen sie ihn aus dem miefigen Loch.

Erschöpft blieb er auf der Erdoberfläche liegen. Der ekelerregende Gestank von Kot und Urin, der aus seinem Leib und der zerfetzten Kleidung dünstete, veranlasste die zwei Aufseher, sich Halstücher vor die Gesichter zu binden. Sie wollten ihn beim Aufstehen unter die Arme greifen, aber er wischte ihre Hände beiseite.

„Geht weg", krächzte er. „Ich komme ohne euere Hilfe hoch." Und irgendwie gelang es ihm auch. Schwankend, keuchend und mit weichen Knien stand er mühevoll auf den Beinen. „Sonne, ich sehe die Sonne wieder. Was für ein Tag!"

Einer der Männer fragte mitleidig: „Sollen wir dich nicht stützen? Wir bringen dich ins Waschhaus. Hast du starke Schmerzen? Brauchst du einen Arzt?"

Entschieden sagte Bill Eastackey: „Ich brauche euere Unterstützung nicht und einen Arzt auch nicht. Sagt mir nur eins, bin ich bald frei?"

Der große Wärter nickte: „Du hast Glück gehabt. Dein angeblicher Angriff auf O'Brain hat den Direktor nicht davon abgehalten, dich nach dem Verbüßen im Mauseloch heute oder morgen zu entlassen."

Ungläubig sah ihn Bill Eastackey lange an, dann kam ein grobes, befreiendes Lachen aus seiner Brust.

In diesen Moment trat Jim O'Brain aus dem Offiziershaus auf die Veranda, lehnte sich an das Geländer und blickte zornig auf den Lachenden.

Abrupt unterbrach Eastackey sein Gelächter und rief dem Oberaufseher zu: „He, Jimmy, hast du gehört? Ich bin frei! Du hast mich nicht geschafft. Haha, du hirnloser Narr! Ich habe zehn Jahre Hölle hinter mir und du glaubst, da schrecken mich ein paar lausige Tage im Mauseloch? Du hättest mich totschlagen müssen, mein Freund. Jetzt ist es zu spät. Bald bin ich ein freier Mann." Ihm wurde schwindlig und er konnte sich nur noch mit unmenschlicher Willensanstrengung aufrecht halten. Er blickte nieder und wartete darauf, dass der Schwächeanfall vorüberging. ‚Nur jetzt nicht umfallen', dachte er. ‚Diese Freude gönnst du dem Menschenschinder nicht. Gehe langsam, Schritt für Schritt, immer gerade aus...'

Und so schleppte er sich stolz und hocherhobenen Hauptes an O'Brain vorbei. Er wankte, aber er fiel nicht.

Die Gefangenen hielten in der Arbeit inne, legten ihre Schaufeln und Spitzhacken ab und starrten voller Hochachtung auf diesen schmuddeligen, abgemagerten Mann, der Bill Eastackey hieß und gerade neun Tage im Mauseloch überlebte, der am Rande des körperlichen Zusammenbruches stand und doch nicht schlappmachte.

Andächtig sagte einer und er sprach für alle: „Er hat es geschafft! Der Teufelskerl hat es tatsächlich geschafft. Er überlebte die Strafe und sie müssen ihn entlassen."

Bill Eastackey bog um die Hausecke der Offiziersunterkunft und er verschwand aus dem Sichtfeld von O'Brain und den Gefangenen, als er wortlos umkippte.

Die beiden Wärter hoben ihn hoch und trugen ihn über den leeren Exerzierplatz zum angrenzenden Badehaus.

Erst als sie ihn in den Waschbottich setzten und ihn mit heißen Wasser übergossen, erwachte er aus der Bewusstlosigkeit. Unterdrückt stöhnte er, weil die eitrigen und verkrusteten Wunden wieder aufbrachen und zu bluten anfingen. Nicht allzu sanft schrubbten sie ihm den Kot und den Schmutz vom gemarterten Körper. Anschließend legten sie ihn auf eine Holzgitterbank, verarzteten ihn notdürftig und wickelten ihn in eine raue Wolldecke. Einer überreichte ihm einen Blechnapf mit gekochten Bohnen und etwas Fleisch. Er schlang es mit Heißhunger hinunter. Gierig griff er nach dem Wasserbecher und trank in großen Zügen.

„Du kannst es dir auf der Pritsche gemütlich machen und ein wenig ausruhen. Wir holen dich, wenn die Entlassungspapiere unterschrieben sind."

Dann war Bill Eastackey allein. Schwerfällig hinkte er zu der harten Liege und streckte sich darauf aus.

„Wir holen dich, wenn die Entlassungspapiere unterschrieben sind", echote es in seinem Innern und stille Zufriedenheit füllte ihn aus. Sekundenschnell übermannte ihn der Schlaf. Er schlief schlecht. Wirre Träume plagten ihn. Plötzlich erschien Ellen Cortwigth an Roland Bucks Seite. Sie trug ein weißes Hochzeitkleid. Strahlend blickte sie Buck in die Augen. Wutentbrannt nahm Bill den Revolver und schoss auf Buck. Die Kugel traf jedoch die fröhliche Braut. Die blauen Augen weiteten sich und lautlos starb sie.

Schweißgebadet schreckte Bill Eastackey hoch. Er brauchte lange Sekunden, bis ihm klar wurde, dass es nur ein böser Traum war. Erschöpft legte er sich zurück und versuchte die hässliche Vision zu verdrängen. Er schlief erneut ein. Aber der Alptraum verfolgte ihn. Immer wieder tauchte Ellen in der Erinnerung auf. Sie starb durch die Kugel, die er abfeuerte.

Entsetzt riss Bill die Augen auf. Es war noch hellichter Tag.

Die schmale Eichentür öffnete sich und ein Wärter von vorhin trat ein. Er warf Eastackey einen olivfarbenen Sträflingsanzug zu. „He, Bill, aufstehen, du verschläfst ja deine Entlassung. Du hast nun 24 Stunden durchgepennt. Ich glaubte schon, du wärst tot. Zieh dir noch einmal die Klamotten an. Nachher kriegst du deine Zivilkleider. Na komm, der Direktor wartet."

Gemeinsam marschierten sie wieder über den Platz zu dem Offiziersgebäude aus rotem Backstein.

Mörderisch brannte die Mittagssonne vom wolkenlosen, hellblauen Himmel. Unter Bills klobigen Stiefeln wirbelte feiner, rötlicher Staub hoch. Aber er spürte die sengende Hitze nicht mehr. Sie konnte ihm nichts mehr anhaben. Die Glut besaß keine Kraft gegen ihn. Nur ein Gedanke beseelte ihn. Frei! In wenigen Minuten wird er als freier Mann Yuma verlassen. Ein ganz wenig Angst keimte ihn ihm. Er verdrängte sie.

Im Innern des Gebäudes war es angenehm kühl. Sie schritten durch den langen Korridor mit den vielen Türen und stoppten am Gangende. An der Tür stand in Augenhöhe auf einem Messingschild: DIREKTION. Der Beamte klopfte und nach einer herrischen Aufforderung betraten sie das Zimmer.

Hinter dem Schreibtisch erwartete sie ein weißhaariger, robust gebauter Mann. Bill Eastackey hatte ihn zuletzt vor zehn Jahren gesehen, am Tag seiner Einlieferung. Steve Coulhan, der Zuchthausdirektor von Yuma schien nicht gealtert zu sein. Lediglich sein volles Haar war noch weißer geworden. Ohne sich zu erheben, deutete er auf den freien Stuhl: „Setzen Sie sich, Mr. Eastackey."

„Danke, Sir, ich stehe lieber", sagte Eastackey ruhig, obwohl er sich sehr schwach fühlte.

„Bitte, wie Sie wollen". Coulhan wartete, bis der Wärter den Raum verlassen hatte und sagte dann: „Mr. Eastackey, ich gratuliere Ihnen. Sie haben Ihre Gefängnisstrafe verbüßt. Der Gouverneur hat sofortige Freilassung angeordnet."

Bill Eastackey schwieg. Kein Muskel bewegte sich in seinem narbigen Gesicht.

„Ich bin nun über zehn Jahre Direktor dieser Strafanstalt", fuhr Coulhan fort. „Yuma ist berühmt für die konsequente und erzieherische Durchsetzung der staatlichen Vollmachten für Gesetzesbrecher. Yuma ist die härteste Vollzugsanstalt des Westens. Manche sagen zu hart. Aber wir sind kein Mädchenpensionat. Hier trifft sich der Abschaum der Menschheit. Hier leben Mörder, Frauenschänder, Räuber, Erpresser und anderes Gesindel. Wir sorgen dafür, dass diese Asozialen wieder gute Menschen werden und führen sie langsam in die Zivilisation zurück. Und dazu gehört eine Portion Härte."

„Verstehe", sagte Eastackey lakonisch. „Dazu gehört die Peitsche, Wasser und Brot, stupides Steineklopfen, Folter, psychische Unterdrückung und nicht zuletzt das Mauseloch. Eine großartige Resozialisierungsmethode."

„Bei Ihnen scheint es funktioniert zu haben. So weit ich mich erinnere, sind Sie der erste Sträfling, der eine solange Haftstrafe überlebt hat. Sie haben Ihre böse Tat abgebüßt und verlassen Yuma als freier und geläuterter Bürger."

„Sir, ist Ihnen schon mal der Gedanke gekommen, hier könnten auch Unschuldige landen?"

„Mit dieser Frage kann ich mich nicht belasten. Jeder der nach Yuma transportiert wird, ist rechtmäßig nach amerikanischen Gesetz von einem Gericht verurteilt worden."

„Amerikanisches Gesetz", unterbrach ihn Eastackey zynisch. „Verstecken Sie sich nur dahinter. Doch Sie wissen genau wie ich, wir leben in einem Land, in dem man das Gesetz und die Richter mit Macht und Geld kaufen kann."

Unpersönlich erwiderte Coulhan: „Ich habe mich mit Ihrer Geschichte beschäftigt, Mr. Eastacky. Sie sind ja bald so lange hier Insasse wie ich Direktor. Meiner Meinung nach sind die Gerichtsakten einwandfrei. Ein halbes Dutzend Augenzeugen haben geschworen, dass Sie einen unbewaffneten Mann niederschossen."

„Gekaufte und erpresste Zeugen!"

„Soweit ich mich erinnere, waren darunter sogar Freunde von Ihnen, die den feigen Mord beeideten."

„Ja, hinterhältige und gewissenlose Freunde", sagte Eastackey bitter. „Aber ich werde Ihnen die Abrechnung bald präsentieren. Sehr bald schon."

Kühl musterte ihn Coulhan: „Was werden Sie tun?"

„Was ich tun werde?" Scheinbar interessiert musterte Eastackey die aufgehängten Bilder an den weißgestrichenen Wänden. „Ich habe nicht viele Möglichkeiten. Ich muss zurück nach Denver."
„Ich denke, wir sehen uns wieder..."
„No Sir, es wird kein Wiedersehen geben", sagte Eastackey hart. „Bevor das passiert, erschieße ich mich selbst. In dieses Gefängnis bringt mich niemand mehr zurück. Das verspreche ich Ihnen!"
Kaltlächelnd zuckte Coulhan mit der Schulter: „Das ist sicher die beste Lösung. Denn O'Brain wird Sie voller Freundlichkeit empfangen. Ihn wurmt es, dass Ihr Aufenthalt bei uns wegen der Attacke auf ihn nicht verlängert wurde."
„Ich habe diesen Folterknecht nicht angegriffen. Dieser falsche Vorwurf diente O'Brain nur, um mich ins Mauseloch zu werfen!" sagte Eastackey sanft.
„Wie auch immer. Ich bin mir sicher, ich werde von Ihnen bald wieder hören. Ob gutes oder schlechtes. Ich erfahre es. Ich wünsche Ihnen Glück. Hier sind die Unterlagen für Ihre neue Freiheit. Gehen Sie damit zu Kelly ins Entlassungszimmer. Dort erhalten Sie Ihre abgegebenen Utensilien. Leben Sie wohl, Mr. Eastackey!"
Der große, hagere Mann fühlte sich verabschiedet und ging aus dem Büro.
Vier Räume weiter händigte ihm Sergeant Kelly, die Sachen aus, welche Bill vor einer Ewigkeit abliefern musste. Eine dünne, schwarze Lederjacke, eine ausgewaschene Blue Jeans, den breiten Revolvergurt mit dem alten 45er Colt. Ein rostiges Bowiemesser, sein rotes Halstuch, das er einmal von Ellen geschenkt bekam, ein rot-blaugrünkariertes Hemd, einen verknitterten Stetson, und zuletzt die abgetretenen Cowboystiefeln.
Mechanisch kleidete er sich an. Die Hose und das Hemd schlotterten um seinen dürren Körper. Er schnallte den Waffengürtel um die Hüf-

te, setzte den Hut auf. Die 38 Dollar, die er bei der Einlieferung noch hatte, fehlten.

„Wo ist mein Geld?"

„Was für Geld? Ich weiß nichts von Geld!" brummte Kelly.

„Ihr verdammten Räuber. Ihr habt mein Geld gestohlen. Ich will meine 38 Dollar wieder."

„Riskiere keine kesse Lippe, Eastackey. In der Liste steht nichts von 38 Mäusen. Nur das was du auf dem Leib trägst. Halte dich mit deinen Verdächtigungen zurück. Hier unterschreibe, dass du alles empfangen hast. Und das ist dein Entlassungsgeld. 145 Dollar. Eine Menge Geld für zehn Jahre Knast. Beschwere dich also nicht."

Wütend quittierte Eastackey und steckte das Kuvert mit dem Geld in die Jackentasche.

„Gehen wir!" sagte Kelly.

Wie in Trance folgte Eastackey. Es war so weit. Der Tag der Freiheit war gekommen. Dann stand er allein vor dem Haupttor des Gefängnisses im glühenden Sonnenlicht. Knarrend verriegelten die Wächter das rostige Eisenportal hinter ihm.

Auf einmal beschleunigte sich Eastackeys Atem, der ganze Körper begann übermäßig zu zittern, alle Nerven lagen blank. Er konnte keine klaren Gedanken mehr fassen, der Schädel rotierte im Kreis, Schwindel packte ihn, die Beine schwächelten.

Frei! Frei! Frei!

Zehn lange, blutige, nicht endenwollende Jahre überstanden. Zehn bittere, gestohlene Jahre seines jungen Lebens.

Nun torkelte er in der flimmerten Mittagshitze auf unsicheren Füßen und Schmerzen überall am Leib. Tief atmete er ein und aus. Endlich frei.

Langsam hinkte er vorwärts. Auf der staubigen, steinigen Straße, die von Yuma fortführte und in die Freiheit mündete. Eastackeys Schritte wurden länger und schneller. Der Weg wurde immer steiler und Eastackey lief sich die Seele aus dem Leib. Immer weiter entfernte er sich von der Vollzugsanstalt.

Er, Bill Eastackey, hatte das Inferno besiegt. Ein wilder Triumph füllte ihn aus. Und er rannte und rannte.

Atemlos erreichte er den höchsten Punkt der felsigen Anhöhe, drehte sich um, streckte beide Arme gegen den Himmel und blickte zurück.

Zu seinen Füßen lagerte das Staatenzuchthaus Yuma. Aber es wirkte nicht mehr bedrohlich und schrecklich für ihn. Es war bedeutungslos geworden. Er hatte die Angst verloren.

Unerwartet begann er zu lachen. Erst etwas verhalten, dann lauter und heftiger, bis sich seine hektische Stimme überschlug. Er wollte, dass ganz Yuma ihn hörte. Alle sollten es wissen. Er, Bill Eastackey aus Denver, Colorado, besiegte die Unterjochung, das Grauen und den Tod. Er war der Sieger.

Roland Buck, Bert Sulfast, ich bin auf dem Weg zu Euch. Ich komme.

Erschöpft verebbte sein schallendes Gelächter und er lechzte nach Luft. Im Schädel schwirrten tausend Bienen und er musste sich hinsetzen. Für ein paar Minuten rastete er auf einem Felsbrocken und sammelte frische Kräfte.

Irgendwann erhob er sich und ging, das linke, steife Bein nachziehend, mitten auf einer Landstraße, von der er nicht wusste, wohin sie führte. Die Sonne brütete auf seiner Schulter und er badete in Schweiß. Er hatte bereits die Lederjacke ausgezogen, das Hemd aufgeknöpft. Der schwere Revolver schlug bei jedem Schritt gegen das Hosenbein und das verkrüppelte Kniegelenk schmerzte wie seit zehn Jahren.

Nach einem beschwerlichen Fußmarsch erreichte er eine Wegkreuzung ohne Hinweisschilder. Während Eastackey überlegte welche Richtung er einschlagen sollte, bemerkte er eine auf ihn zukommende Staubwolke.

Abwartend blieb er stehen. Etwas später bremste neben ihm ein Zweispänner ab und der weißbärtige Kutscher fragte ihn: „Haben Sie sich in dieser gottverlassenen Gegend verirrt, Stranger? Soll ich Sie mitnehmen?"

„Ich weiß nicht genau", erwiderte Eastackey leicht ratlos. „Wie weit ist es zur nächstgelegene Stadt?"

„Das ist Springfield, bis dorthin sind etwa dreißig Meilen. Ich muss an dem Kaff vorbei, steig auf, wenn du willst."

Eastackey nickte und kletterte auf den Kutscherbock.

Die Fahrt verlief ziemlich einsilbig. Der Alte fragte nicht woher er kam und wohin er wollte.

Als sie nach drei Stunden die ersten Häuserfassaden des Städtchen Springfield erreichten, ließ der Weißbärtige Eastackey absteigen. „Alles Gute, Stranger. So long!"

Dankend winkte ihm Eastackey zu. Noch eine Weile blickte er dem Zweispänner hinterher, dann drehte er sich um.

Das Dorf Springfield war gebaut mit zwanzig oder dreißig verwitterten Holzbuden, eine halbfertige Kirche, einen Drugstore, eine Poststation, eine Schmiede, ein Gemeindehaus mit dem Büro des Marshals und dem einzelligen Gefängnis. Lasten und least, ein Saloon. Was für ein windiges, erbärmliches Kaff. Der Vorort zur Hölle. Man ritt hier durch, kaufte sich Proviant und Munition und reiste weiter.

Es befanden sich kaum Menschen auf der Straße. Die Hitze trieb sie in die Häuser. Eine Horde Kinder balgten sich um einen Pferdetrog und bespritzten sich gegenseitig mit dem brackigen Wasser.

Auf der Veranda des einzigen Saloons des Dorfes hockten drei alte, weißbärtige Männer in den Schaukelstühlen und dösten gelangweilt vor sich hin. Als Eastackey die knarchzenden Treppen zum Vorbau aufstieg, blickten sie kurz auf ihn. Sie registrierten aus welcher Richtung er gekommen war und glaubten Bescheid zu wissen. Sie verloren das Interesse und ihre Augenlider klappten wieder zu.

Aus der offenen Scheune dröhnte das metallische Geräusch eines Vorschlaghammers, mit dem der Hufschmied ein Eisen auf dem Amboss formte.

Bill Eastackey musste über die ausgestreckten Beine der Alten steigen um zum Salooneingang zu gelangen. Er schaute über die Pendeltür in das Innere. Die Bar war so gut wie leer. Lediglich zwei Weidereiter spielten an einem Tisch Karten.

Er teilte die Flügeltür auf und hinkte an die Theke. „Tag, Gentlemans", grüßte er laut.

Die Kartenspieler ließen sich nicht ablenken. „Tag, Stranger", sagte einer, ohne hochzusehen.

Hinter dem Schranktresen polierte der glatzköpfige Wirt passiv die fleckigen Gläser. „Hello, Fremder. Verdammte Hitze, was? Ein kühles Bier?"

„Gute Idee", nickte Eastackey. „Gibt es noch was zum Essen?"

Der Wirt zapfte ein volles Bierglas mit wenig Schaum. „Wenn Ihnen Bohnen und Speck vom Mittag genügen? Ich kann ein Spiegelei darüber schlagen."

„In Ordnung", Eastackey trank das Bier in einem Zug. Er wischte sich mit der Hand den Schaum von den Lippen. „Schenke noch mal ein, Wirt, und einen Whisky zum runterspülen."

Er griff den aufgefüllten Bierkrug und den Whisky und steuerte einen Tisch an und platzierte sich so, dass er den ganzen Raum im Blickfeld hatte. Müde dehnte er die langen Beine aus und nippte vorsichtig am goldenen Whisky. Der erste Whisky nach zehn Jahren. Genüßlich ließ er ihn auf der Zunge zerfließen.

Kurze Zeit später servierte der Wirt das Essen.

Das Mahl war zwar nur aufgewärmt, aber es schmeckte hundert Mal besser wie der ekelhafte Fraß in der Gefängniskantine. Nachdem er die letzten Speisereste mit einem Stück Brot vom Teller tunkte, lehnte er sich träge zurück, fühlte sich satt und zufrieden. Er fragte den Barbesitzer nach einer Zigarette, während dieser das Geschirr abräumte. Der nickte und fischte aus der befleckten Küchenschürze eine krumme Zigarre und bot sie ihm an.

„Wo kommen Sie her, Fremder?" erkundigte sich der Glatzkopf wie nebenbei. Er zündete Eastackey die Zigarre an.

Tief inhalierte er den beißenden Rauch. Die Kehle brannte und die Lunge rebellierte. Die erste Zigarre nach langer Zeit. Er musste kräftig husten, blies den Qualm dem feisten Wirt ins Gesicht.

„Von wo werde ich schon herkommen", sagte er trocken. „Das weißt du doch genau, Dicker. Es war eine lange Reise hierher."

Der Wirt ahnte, weiterfragen könnte brenzlig für ihn werden, trotzdem vergewisserte er sich: „Yuma? Sie kommen aus dem Staatengefängnis? Sind Sie heute entlassen worden?" Mit unverhohlenem Interesse schätzte er den Gast ein. Scharfgeschnittenes Gesicht, narbig, kaum verheilte Wunden, schiefe Nase, schmale Lippen, tiefliegende Augen, grafitfarben, kalt wie ein Eisblock. An der Hand, die den Zigarrenstumpen hielt, fehlten drei Finger. Der Fremde strahlte unbeugsamen Stolz und gnadenlose Härte aus. Noch nie war der Barman einen gefährlicheren Mann begegnet.

Frostig fragte Eastackey: „Bist du fertig mit deiner Besichtigung, Wirt? Dann sag mir wann die nächste Postkutsche von diesem Nest abfährt? Ich nehme an, ihr habt eine Poststation?"

„Selbstverständlich hält bei uns eine Postkutsche", versicherte der Salooninhaber diensteifrig. „Die Wells Fargo tauscht jeden Tag ihre Pferde bei uns aus. Hat eine Stunde Aufenthalt. Wohin soll es den gehen?"

„Nach Denver City", erwiderte Eastackey ruhig. Allmählich gewöhnte er sich an die Zigarre. Das Kratzen in der Kehle wurde erträglich.

„Denver in Colorado? Eine verdammte weite Strecke, die Sie vor sich haben."

Eastackey ignorierte sein Geschwätz. Er klopfte die Zigarrenasche ab.

„Die Postkutsche fährt von Springfield nur bis Tucson. Von dort können Sie auf eine andere Stagecoach umsteigen oder die Eisenbahn nehmen."

Erstaunt sagte Eastackey: „Tucson hat eine Eisenbahn?"

„Sie sind gut, Mister. Wie lange war Sie eingesperrt? Tucson, Phoenix, Dodge City, St. Lous, Sacramento, Denver und wie die Großstädte alle heißen. Überall fährt die Eisenbahn!"

„In Denver auch?" Eastackey konnte es nicht glauben. Er war zehn Jahre hinter der Zeit. Während in Yuma die Uhr stehengeblieben war, pulsierte draußen im Land das Leben. Entstanden neue Städte, wurden Eisenbahnschienen verlegt, Wälder gerodet, Flüsse und Bäche umgeleitet, steinige Erde urbar gemacht. Vor zehn Jahren hatte er zwar von der dampfenden Eisenbahn schon was gehört, aber noch nie so ein monströses, stählernes Ungetüm gesehen.

Eastackey Antlitz wurde noch eckiger. Zum Teufel, was hatte er alles versäumt. Die Welt verwandelte sich ohne ihn.

„Die Kutsche trifft morgen vormittag ein, irgendwann zwischen neun und elf Uhr", sagte der Wirt.

Eastackey schmerzte das Kniegelenk und die missgestaltete Hand juckte.

„Die Kutsche kommt erst morgen? Dann muss ich über Nacht bleiben. Kann ich ein Quartier haben?" Er zerdrückte den Zigarrenstummel im Aschenbecher.

„Sie können bleiben so lange wie Sie wollen".

„Eine Nacht genügt. Ich will so schnell wie möglich weg", sagte Eastackey. „Ich zahle das Essen, die Trink's und die Übernachtung." Er zählte das geforderte Geld ab, nahm den gereichten Zimmerschlüssel, stülpte den Hut auf. „Ich lege mich aufs Ohr", sagte er. „Wecke mich in zwei Stunden, okay?" Ohne auf eine Antwort zu warten humpelte zum ersten Stock empor, wo sich die Räume befanden.

Das Schlafgemach war einfach eingerichtet. Ein Bett, Tisch und Stuhl, eintüriger Kleiderschrank, ein Waschgestell, ein halbblinder Spiegel an der Wand.

Angezogen warf sich Eastackey auf das quietschende Bett und schlief augenblicklich ein.

Ein hartes Klopfen an der Tür weckte ihn. „Die zwei Stunden sind vorbei", rief der Wirt.

„Ich bin wach", antwortete Eastackey und stand auf.

Als er durch den Saloon auf die Veranda ging, schliefen die alten Männer in den Schaukelstühlen und die Kinder rauften bei dem Pferdetrog. Unermüdlich hämmerte der Dorfschmied mit dem Vorschlaghammer auf den Amboss. Eine Frau mit langen, weiten Kleid trat aus dem Drugstore gegenüber.

Auf der langen Hauptstraße, die auch Bill Eastackey gegangen ist, trabte ein einsamer Reiter im schwirrenden Sonnenlicht. Die Pferdehufe stieben Staubfontänen vor sich her.

Eastackeys Augen verengten sich. Er nahm den Hut als Sonnenblende, doch der Reiter war noch zu weit weg, um ihn zu erkennen. Eine leichte Vorahnung beschlich ihn. Das kann nur ein Mann sein, der sich mit seinem Pferd den ersten Häusern näherte. Und er kam aus Yuma.

Eine eisige Hand packte Eastackeys Herzmuskel. Die Ahnung wurde zur Gewissheit. Jetzt erkannte er den Ankommenden. Jim O'Brain, der Menschenverächter aus Yuma, ritt durch die Stadt.

Kalter Glanz überzog Eastackeys Miene. Er langte mit der linken Hand nach dem Revolver an seiner Hüfte und kontrollierte umständlich das Magazin. Die Waffe war zehn Jahre nicht mehr benützt worden. Hoffentlich funktionierte sie noch. Er ließ die rostige Trommel rotieren. Dabei lächelte er grausam. Schwer und ungewohnt lag der Colt in der Hand. Sein Daumen bog den Schlagbolzen zurück.

Ruhig und beherrscht stieg er die Verandatreppen hinab und hinkte zu Fahrbahnmitte. Dort blieb er stehen, spreizte leicht die Beine, seine linke Hand mit dem Schießeisen hing locker an der Körperseite. So erwartete er in der Gluthitze des späten Nachmittags den ankommenden Reiter.

Hinter seinem Rücken scheuchte eine Frau die Kinder aus der Gefahrenzone. Aus dem Marshaloffice stiefelte ein schnauzbärtiger Mann. Matt glänzte der Metallstern an der ärmellosen Weste. Er schaute aufmerksam auf den Fremden mit dem Colt inmitten der ausgetrockneten Mainstreet.

Gleichmäßig krachten die Hammerschläge aus der Schmiede.

Dreißig Meter vor Bill Eastackey zügelte Jim O'Brain den Gaul und schwang aus dem Sattel. Rhythmisch klingelten die Silbersporen, als er auf den Gegner zu stelzte.

Bewegungslos wartete Eastackey auf ihn.

Befriedigt grinste O'Brain. Er hatte die Wächteruniform gegen Zivilkleidung getauscht. Der rechte Arm schwebte angewinkelt über den tiefhängenden Revolverkolben. Zehn Schritte vor Eastackey bremste er ab, schob den breitkrempigen Stetson in den Nacken und gurrte selbstgefällig: „Hallo, Amigo, genießt du deine Freiheit? Was für ein Zufall. Auch ich habe einige Stunden Ausgang erhalten und bin sofort losgeritten. Welch ein Glück, dass ich dich noch antreffe. Wollen wir deine Entlassung nicht gemeinsam feiern?"

Neugierig stakste der Marshal über die hölzerne Gangway heran.

Gelassen sagte Bill Eastackey: „Ich glaube nicht, dass du gekommen bist um mit mir zu feiern, Jim O'Brain. Ich denke, du willst mich töten. Wie ich es sehe, sind unsere Chancen gut verteilt. Ich halte das Eisen in der linken Hand, weil die rechte nicht mehr zu gebrauchen ist. Dazu habe ich zehn Jahre keine Waffe mehr angefasst. Bin etwas ungeübt. Also, zieh deine Knarre, bringen wir es hinter uns."

„Gut, du kapierst schnell", lachte O'Brain. „Wer gibt das Kommando?"

„Der Schmied mit seinem Hammer. Wenn er das dritte Mal zuschlägt, schießen wir."

„Ab jetzt?" lauerte O'Brain.

„Jetzt!" sagte Eastackey.

Der Marshal hatte es plötzlich sehr eilig. „He, hier wird sich nicht duelliert", lief er schreiend über die Straße und fuchtelte mit dem Colt herum.

Der Schmiedehammer krachte einmal, zweimal, dreimal...

Blitzschnell fischte O'Brain den Revolver aus dem eingeölten Halfter.

Aber Eastackey feuerte einen Tick früher und der Hut von O'Brain tanzte in der Luft. Nun detonierte auch dessen Waffe.

Eastackey hechtete in den Staub. Die Kugeln streiften über seinen Buckel und bohrten sich in die Bretterwand des hinter ihm befindlichen Stores.

Überhastet schoss O'Brain wieder und erneut traf er nicht. Fluchend feuerte er weiter auf den Liegenden. Links und rechts neben Eastackey schlugen die Bleigeschosse ein, zupften am Jackenärmel und fetzten den Stiefelabsatz weg. „Jetzt reicht es aber. Genug ist genug!", lästerte er und setzte sich aufrecht auf den Hosenboden, zielte beidhändig auf den bulligen Angreifer und drückte ab.

Die Kugel traf O'Brain in die linke Brust. Genau dort wo das Herz schlug. Grenzenlos verwundert starrte O'Brain auf den blutigen Fleck. Die wulstigen Lippen öffneten sich und ein Blutschwall schwappte aus der Mundhöhle. Der Revolver glitt ihm aus der kraftlosen Hand. O'Brain sackte in die Knie, verlor die Balance und stürzte in den knöcheltiefen Schmutz und rührte sich nicht mehr.

Mühsam rappelte sich Eastackey mit der rauchenden Waffe auf, steckte sie in den Halfter zurück. Mit dem Hut klopfte er den Dreck aus der Kleidung.

„Es war ein fairer Kampf, Marshal", sagte er zu dem heranlaufenden Gesetzesvertreter.

„Ich habe ihn gesehen", sagte der Schnauzbärtige kühl. "Leider konnte ich ihn nicht verhindern. Das war O'Brain, ein Staatsbeamter. Er besaß nicht allzuviel Freunde. Vor den wenigen sollten Sie sich aber in Acht nehmen. Besser für Ihre Gesundheit, wenn Sie schnellstmöglich aus der Stadt verschwinden."

Gleichgültig stülpte Eastackey den Hut auf das schwarze Haar. „Danke für den Rat. Ich reise morgen mit der ersten Postkutsche ab."

„Das ist gut, Mister. Für Menschen Ihres Schlages haben wir keinen Platz in Springfield. Wenn Sie morgen abreisen, haben Sie von mir nichts zu befürchten. Der Kampf war in Ordnung."

Nachdenklich warf Eastackey noch einen letzten Blick auf den Toten. Seltsamer Weise verspürte er keine Genugtuung. Der ärgste Menschenschänder von Yuma lebte nicht mehr. Der Mann, der ihn zehn Jahre terrorisierte, war tot. Das war gut. Aber es kam keine Freude in ihm auf. Nicht einmal Erleichterung. Er verstand das nicht.

Brüsk wendete er ab und ging an den aufgewachten Greisen vorbei, die ihn mit neuer Beachtung musterten. Diesmal zogen sie die Füße ein, damit er nicht darüber stolperte.

Der Barbesitzer erwartete ihn bereits wieder hinter dem Tresen. „Wissen Sie, wenn Sie da eben abgeknallt haben?"

„Natürlich, das war Jim O'Brain, Gefangenenwärter von Yuma. Ein Freund von dir?" Scharf inspizierte Eastackey den Glatzkopf.

„Es gibt eine Menge Leute, die Ihnen dankbar sind, dass O'Brain nicht mehr unter uns weilt. Es gibt aber auch viele, die das nicht sind. Ich gehöre zu ersten Garnitur. Ein Hurenbock weniger auf dieser Welt."

„Ich verlasse morgen dieses Kaff. Es ist mir egal, ob O'Brain Freunde hatte oder keine. Ich habe ihn im fairen Kampf erschossen. Anscheinend war er auch kein besonders guter Schütze. Er zielte viermal vorbei Es war nicht sein Tag heute."

„Ich bin froh, dass er tot ist. Sie brauchen sich nicht zu rechtfertigen, Stranger."

Kühl sagte Eastackey: „Das ist keine Rechtfertigung, mein Freund. Ich habe zehn Jahre Yuma abgesessen und habe den Höllenpfuhl hinter mir. Ich bin niemanden mehr Rechenschaft schuldig. Niemanden, hast du verstanden, Vollmondgesicht?"

Eingeschüchtert schluckte der Wirt, füllte ein Bierglas und schob es dem Fremden hin. „Nichts für ungut, Mister, war nicht so gemeint. Der Trink geht auf Kosten des Hauses."

„Noch kann ich mein Bier selber bezahlen!" Unfreundlich knallte Eastackey einen halben Dollar auf den Schanktisch.

„Direktor Steve Coulhan wird Ihnen sicher seine Meute auf die Ferse hetzen. Schließlich haben Sie einen seiner besten Mitarbeiter umgenietet", sagte der Wirt scheinheilig.

Gereizt antwortete Eastackey: „Du gehst mir langsam auf die Nerven, Freund. Überstrapaziere meine Geduld nicht. Halte lieber dein vorlautes Maul, bevor ich es dir stopfe." Er trank einen Schluck Bier. „Ich gehe jetzt auf mein Zimmer und du weckst mich morgen früh, wenn die Postkutsche da ist. Und wehe dir, du vergisst es."

In der Kammer angekommen zog Eastackey die Tür hinter sich zu und klemmte den Stuhl mit der Lehne unter die Klinke. Dann zog er die bunten Vorhänge zu, um das helle Tageslicht abzuschwächen. Er schob den Revolver unter das Kopfkissen und legte sich angekleidet auf das geräuschvolle Bettgestell. Er verschränkte die Arme im Nacken und blickte gedankenversunken gegen die graue Zimmerdecke.

Unwillkürlich dachte er an Ellen Cortwight. Wie wird es ihr in all den Jahren ergangen sein? Möglicherweise war sie schon lange verheiratet und gebar Kinder und hatte Billy aus dem Gedächtnis gelöscht.

Krampfhaft versuchte er sich zu erinnern, wie sie ausgesehen hatte. Ihr langes, blondes Haar und die samtroten Lippen. Ihre gertenschlanke Gestalt, die festen Brüste, die fesselnden Beine. Aber ihr Gesicht konnte er nur undeutlich erahnen. So viele Jahre waren vergangen und verwischten die Konturen ihres Antlitzes. Doch in der Phantasie wurde Ellen Jahr für Jahr schöner. Die Zeit schmolz Traum und Wirklichkeit zusammen. Er vermochte es nicht mehr zu unterscheiden. Ellen sah jede Nacht anders aus. Er formte sie nach seinem Wunschbild. Und jäh verspürte er große Angst vor dem Tag an dem er sie wiedersehen würde und er sie vielleicht nicht erkannte. Mit diesen bangen Gedanken schlief er ein.

***

Ein energisches Pochen an der Tür holte Bill Eastackey aus dem totenähnlichen Tiefschlaf.
Im ersten Moment wusste er gar nicht, wo er sich befand. „Was ist los? Ich habe mich doch erst vor einer Stunde niedergelegt", brummte er schlaftrunken. Er fühlte sich wie gerädert.
Die Stimme vor dem Zimmereingang lachte laut: „Vor einer Stunde? Sie scherzen, Mann! Sie sind gestern Nachmittag gegen fünf Uhr auf ihre Bude gegangen. Und nun haben wir den nächsten Tag acht Uhr früh."
„Acht Uhr Vormittag?" staunte Eastackey und kratzte seinen wirren Hinterkopf. „Da hätte ich ja 13 Stunden gepennt?"
„Sie sagen es, Stranger. Also, Sie wissen Bescheid. In dreißig Minuten erwarten wir die Postkutsche." Feste Schritte entfernten sich im Flur.
Eastackey schwang die Beine vom Bett und hinkte zur Waschschüssel und tauchte den Kopf in das lauwarme Wasser. Es half trotzdem

die Schläfrigkeit ein wenig zu vertreiben. Er trocknete Gesicht und Haare mit dem danebenhängenden Handtuch und verließ den Raum.

Nach einem hastig verzehrten Frühstück lehnte er rauchend am Balken des Saloonvordaches und beobachtete die gewaltige Staubwolke einige Meilen vor der Stadt, die sich rasch näherte und die Postkutsche ankündigte.

Eine Menge Bewohner waren bereits auf den Beinen um das Spektakel der heranbrausenden Pferdedroschke mitzuerleben.

Eastackey überquerte die Fahrbahn und steuerte auf die Poststation zu. Er trat ein und ging zum Schalter.

„Ein Billet für eine Fahrt nach Denver", verlangte er bei dem spindeldürren Beamten.

„Die Reise endet in Tucson. Von dort müssen Sie zur Weiterfahrt die Eisenbahn nehmen!"

„Na schön, dann Tucson." Eastackey bezahlte und wandte sich ab.

Er suchte den Drugstore auf, unweit der Poststation. Als er die Tür aufstieß, läutete eine helle Glocke über ihn. Er begab sich an den Ladentisch.

Ein unscheinbarer Mann mit einer Nickelbrille auf der spitzen Nase kam hinter einem Vorhang hervor und fragte beflissentlich nach seinem Wunsch.

Daraufhin schnallte Eastackey den Revolvergurt ab und breitete ihn auf der Theke aus. Er steckte seinen Colt in den Hosenbund. „Ich brauche einen Gürtel, an dem der Halfter links angenäht ist. Diesen hier gebe ich in Tausch."

Das Männlein nickte nur und kontrollierte penibel das Leder. „Ungepflegt, hart und brüchig. Der Gurt ist nicht mehr viel wert."

„Das ist mir egal", sagte Eastackey, der keinerlei Lust verspürte zu feilschen. „Mach einen korrekten Preis und ich bezahl."

Erneut ein Kopfnicken und der Kaufmann entschwand hinter dem Vorhang. Nach drei Minuten kam er zurück und bot ihm die gewünschte Ware an. Diesmal prüfte Eastackey den Revolvergurt. Er war aus weichen, schmiegsamen Büffelleder und sehr gut verarbeitet.

„Okay, Mister", sagte er, nachdem er den Gürtel umgebunden hatte und den Sitz des 45er im Halfter probierte. „Gib mir vier Schachteln Munition für mein Schießeisen."

Wenig später lehnte Eastackey wieder am Vordachbalken des einzigen Saloons der Stadt und beobachtete, wie die Postkutsche in einem Höllentempo durch die Hauptstraße preschte. Er hörte die brüllende, anfeuernde Stimme des Fahrers, das Rasseln der Geschirre, den Lärm der eisenbereiften Holzräder und das wilde Schnauben der Gäule, um deren Mäuler weiße Schaumflocken flogen. Das Gespann donnerte an Eastackey vorbei, eingehüllt in einer mächtigen Staubwolke.

Fünfzig Meter vor der Haltestation schrie der Kutscher aus Leibeskräften: „Brrrrr, ihr faulen Rösser, werdet ihr wohl stehen bleiben! Brrrrr!!!" Energisch zerrte er an den Zügeln, stemmte sich mit den Füßen gegen den Kutschbock und zog den Bremshebel.

Die Pferde bäumten sich auf und ihre Hinterbeine spreizten sich gegen das Fliehgewicht der Karosse. Genau an der Poststation kamen sie zum Halten. Total erschöpft, mit zitternden Flanken und hängenden Köpfen verharrten die Gäule.

Der Fahrer bellte: „Springfield! Eine Stunde Aufenthalt, meine Herrschaften!" Er stieg auf das Wagendach und schleuderte einen Leinensack vor den Eingang der Poststelle. Die Fracht landete vor den Füßen des Postbeamten. „Das ist alles was ich für euch habe, Rene. Und jetzt habe ich Durst und Hunger. In einer Stunde brechen wir wieder auf."

Gemäßigten Schrittes humpelte Eastackey zur Station und hockte sich auf die harte Holzbank im Schatten der Veranda.

Nur zwei Passagiere, ein Mann und eine junge Frau, stiegen aus der Droschke und folgten den Fahrer in den Saloon. Derweil wechselte ein Stallbursche die erholungsbedürftigen Pferde für ein ausgeruhtes Gespann.

Eastackey rauchte die vierte Zigarette, als der Kutscher und die beiden Mitreisenden zurückkehrten.

„Wer noch mit will, einsteigen. Die Tour geht weiter!" rief der Führer und kletterte auf den Fahrerbock.

Eastackey warf die Zigarette weg und stieg als Letzter ein. Zuerst das junge, hübsche Mädchen im braunen Reisekostüm und dann der fettleibige Geschäftsmann, gekleidet in einen modernen Stadtanzug. Eastackey nannte seinen Namen und nahm gegenüber dem Mädchen Platz.

„Ich bin Linda Read", sagte es und versuchte ihn unaufdringlich einzuschätzen. Sie war nicht viel älter als fünfundzwanzig. Als er ihren Blick einfing, senkte sie den Kopf.

„Mein Name ist Carl Bendit. Ich bin Vieheinkäufer", stellte sich der Dicke vor.

„Los geht's, hüüüühaaa, ihr lahmen Klepper, bewegt euch!!!", schrie der bärenstarke Kutscher und ließ die Peitschenschnur über die Pferdemähnen knallen. Der plötzliche Ruck, der durch das Anfahren entstand, als sich die Gäule ins Geschirr legten, hob das Mädchen von ihrem Sitz und in Eastackey Arme.

„Hoppla", sagte der.

„Sorry", stammelte sie verlegen, errötete zart und hockte sich zurück, ohne ihn anzusehen.

Er antwortete mit einem leichten Lächeln.

***

Er stand hinter dem Blockhaus der Raststation, die Beine auseinander, den linken Arm leicht angewinkelt und die Finger schwebten über den Revolverkolben. Dann wirbelte er den 45er aus dem Halfter, der rechte Handballen fegte über den Hahn, einmal, zweimal, dreimal.

Die leeren Konservendosen, zwanzig Yards von ihm entfernt in einer Linie aufgestellt, fingen an zu tanzen. In Eastackeys Gesicht zuckten die Mundwinkel, in den grafitfarbenen Augen leuchtete ein gespenstisches Irrlicht. Der Schweiß rann ihm in Strömen von der Stirn. Eastackey schoss bis der Hammer auf eine leere Kammer fiel. Er kippte den Revolverlauf nach hinten, legte die Hinterfläche der Trommel frei und die Hülsen rutschten heraus und plumpsten in den Kieselsand. Mit ruhiger Hand schob er neue Patronen nach.

Seit drei Wochen war er mit der Postkutsche unterwegs. Und seit drei Wochen trainierte er die linke Hand an den Revolver. Stunde für Stunde, Tag für Tag.

Verbissen, hartnäckig, gepaart mit Ungeduld, feuerte er aus allen Lagen. Im Stehen, im Liegen, in der Drehung. Er übte, bis ihm der Handballen schmerzte und der Revolverlauf glühte.

Anfangs griff die Hand oft daneben. Hatte sie den Colt gefasst, entglitt er ihr wieder. Beim ersten Schießen traf er den Baumstamm zehn Yard vor ihm nicht. Doch er ließ sich nicht beirren. Er exerzierte wie besessen. Allmählich wurde er schneller, sicherer. Und dabei schüttelte sich sein hagerer Körper vor Hass und die Augen tränten. Oft begann er furchtbar zu lachen, wenn die Blechbüchsen unter den Kugeln weghüpften und er stellte sich die Gesichter von Roland Buck und Bert Sulfast vor.

„Roland Buck und Bert Sulfast! Ich bin auf dem Weg zu Euch. Euere Uhr läuft langsam ab. Bereitet Euch zum Sterben vor!" Unverdrossen jagte er das Blei in die aufgereihten Dosen und Flaschen.

„Mr. Eastackey", traf ihn eine zaghafte Stimme von hinten.

Leichtfüßig drehte er sich auf dem Absatz herum. Im Antlitz einen grausamen Ausdruck, die Revolverhand schnellte hoch. Er war bereit zu schießen. Im letzten Augenblick erkannte er Linda Read. Das

Mädchen, das seit Yuma mit ihm auf der Reise war. Ihr Ziel war Santa Fee in New Mexiko. Er senkte die Waffe. Seine verzerrte Mimik entspannte sich. Es war, als erwache er aus einer anderen, schrecklichen Welt.

Schroff fragte er, während er den Revolver nachlud: „Was wollen Sie, Linda? Sie sollten sich nicht so leise anschleichen. Beinahe hätte ich geschossen."

Eingeschüchtert sagte das braunhaarige Mädchen: „Die Pferde sind ausgetauscht. Wir müssen weiterfahren."

„Trotzdem sollten Sie vorsichtig sein, wenn Sie mich von hinten ansprechen", entgegnete er unfreundlich.

Sie war den Tränen nah. „Warum sind Sie so garstig zu mir? Ich habe Ihnen doch nichts angetan. Sie sind voller Hass und der Hass wird Sie eines Tages umbringen."

Er lachte bitter: „Der Hass, meine Liebe, half mir zehn unmenschliche Jahre zu überleben. Ich werde diejenigen, welche dafür verantwortlich sind, töten!"

„Warum? Warum wollen Sie einen Menschen töten? Das steht Ihnen nicht zu. Auch wenn Ihnen Unrecht geschah. Sie dürfen keine Rache nehmen."

Wieder lachte Eastackey freudlos: „Sie reden wie eine Heilige. Was wollen Sie eigentlich von mir, Linda? Seit knapp drei Wochen nerven Sie mich. Sie sind jung, Sie sind schön. Sie sollten sich einen Mann suchen, heiraten und Kinder kriegen und nicht Ihre albernen Lebensansichten verbreiten."

„Entschuldigen Sie, ich wollte nicht unhöflich sein. Es tut mir leid"

Eastackey blieb unversöhnlich: „Es ist besser, Sie halten sich von mir fern. Ich könnte einen schlechten Eindruck auf Sie machen."

„Warum wollen Sie jemanden erschießen? Ich verstehe das nicht. Sie sind vom Satan beseelt. Befreien Sie sich von seinen Zwängen. Werden Sie wieder Mensch!"

Gleichgültig spuckte er den erkalteten Zigarettenstummel aus: „Sie haben wohl zuviel in der Bibel geschmökert. Verschonen Sie mich damit."

Hilflos wie ein Kind stand Linda vor ihm und ihre dunklen Augen verwässerten sich.

Abrupt ließ er sie stehen und ging schleifenden Schrittes den holprigen Weg zu dem Blockhaus und der wartenden Kutsche zurück.

Sie trocknete hinter seinem Rücken mit dem Taschentuch ihre Wangen trocken und folgte ihm mit einiger Distanz.

Er saß bereits im Wagen, als Linda nachkam.

„Mann, Sie mit Ihrer ewigen Ballerei", nörgelte der bleichgesichtige Fahrgast, der sich Ihnen in Demingo angeschlossen hatte. Er trug die übliche Weidetracht. Nur die überkreuz geschnallten Revolvergürtel deuteten an, dass er kein Cowboy sein könnte. „Immer müssen wir auf Sie warten." Er paffte eine dünne Zigarillo.

Der Bankier aus Riverside lümmelte in der Ecke und schnarchte geräuschvoll.

Eastackey drückte den Hut ins Gesicht und überhörte die Stichelei.

„Wenn Sie in Ihrem Alter noch das Schießen lernen müssen, sind Sie aber arg spät dran", lästerte der Pockennarbige mit dem Seehundbart, der sich als John Smith vorgestellt hatte, und blies den Rauch durch das offene Fenster.

Linda Read besetzte den Platz neben Eastackey, rückte aber von ihm ab und ignorierte ihn.

„Hüüüüaaaahh!!!" schallte es vom Kutschbock und die Peitsche knallte wie ein Schuss.

„Ich kann Ihnen ja Nachhilfestunden geben", fuhr John Smith seine Rede fort. „Ich lerne Ihnen wie man das Eisen richtig handhabt. Früher übten Sie wohl mit der rechten Hand und schossen sich aus Versehen die eigenen Finger ab."

„Sind Sie doch endlich still", bat Linda. „Lassen Sie ihn zufrieden. Sie sehen ja, dass er schläft."

„Der pennt nicht. Der tut nur so. In Wirklichkeit macht er sich in die Hose." Smith schnippte den Zigarettenstummel nach draußen und seine Stimme tropfte vor Spott. „Er kann auch nicht mehr normal gehen. Wahrscheinlich ist er vom Pferd gefallen und hat sich das Bein gebrochen. Ich lach mich tot. Wenn ihm jetzt jemand die linke Klaue zerschießt, kann er mit den Zehen trainieren. Haha!"

Ganz langsam schob Eastackey den Hut aus der Stirn und blickte mit eisigen Augen auf John Smith. Sanft sagte er: „Mr. Gernegroß, ich sehe du trägst zwei Kanonen. Wenn das keine Attrappen sind, dann versuche damit meine linke Hand zu zerschießen. Also, benütze dein Eisen oder halte dein dreckiges Maul."

Smiths überhebliches Grinsen gefror und wich einer lauernden Haltung. Er legte die Hand auf den abgewetzten Revolvergriff.

Schlagartig verstummte das Schnarchen des Bankiers. Nur noch gepresste Atemzüge.

Die Spannung sägte an den Nerven.

„Warum zögerst du, Smith?" fragte Eastackey kalt. „Du wolltest mir doch Nachhilfestunden erteilen. Nun, ich warte!"

Für einen winzigen Moment schien es, als würde Smith den Colt ziehen. Dann entkrampfte er sich und lächelte hinterhältig. Er zeigte Eastackey die offenen Handflächen: „Wir können uns hier doch nicht duellieren. Die Gefahr unsere Mitfahrer zu verletzten ist zu groß. Ein Fehlschuss und ein Unschuldiger ist tot. Das kann ich nicht verantworten."

„Dann fordern wir den Kutscher auf anzuhalten, wir beide steigen aus und regeln die Angelegenheit wie unter Männern", schlug Eastackey emotionslos vor.

Smith trat den Rückzug an. Mit einem falschen Grinsen lenkte er ein: „Sie werden doch einen harmlosen Scherz verstehen, Mister. Ich will mich nicht mit ihnen schießen. Nichts für ungut. Wie gesagt, sollte nur ein Scherz sein."

Unpersönlich erwiderte Bill Eastackey: „Ich habe keinerlei Verständnis für deinen Humor." Er lehnte sich in die gepolsterte Sitzbank zurück, kippte den Hut wieder in das bärtige Gesicht, verschränkte die Arme über der Brust und streckte die Beine aus.

Gesprächig wandte sich Smith an das junge Mädchen: „Es war tatsächlich nur ein Spaß. Was für ein humorloser Kerl."

Abweisend sagte Linda Read: „Ich mag Ihre Art von Späße auch nicht, Mr. Smith!"

„Schade", grinste Smith anzüglich, sagte aber dann auch nichts mehr.

Nach einiger Zeit setzte das Geschnarche des Bankiers ein.

Auch das Mädchen tat als schliefe es.

***

Die rasante Reise ging weiter. Durch grüne Täler und steile Gebirgswege. Hitze und Staub wechselten mit Gewitter und Regen. Die Passagiere kamen und gingen. Der Revolvermann stieg in Las Crunes aus, der Bankier in Albuqueque und das Mädchen in Santa Fee.

Das Gespann eilte mit neuen Fahrgästen dem Ziel entgegen.

Und Bill Eastackey gewöhnte die linke Hand an den Revolver. Bei jeder Rast. Zu jeder freien Stunde. Getrieben von Hass und Rachegelüsten, besessen von einem einzigen Gedanken. „Ich komme, Roland Buck! Ich komme, Bert Sulfast", schrie er zum unzähligsten Male in das Krachen der Revolverschüsse hinein. „Ihr habt nicht mehr viel Zeit. Meine Stunde naht!"

***

Denver City, Colorado, Mitte November...

Es war später Nachmittag, als die Lokomotive in den Bahnhof einfuhr. Die Sonne stand sehr tief und ihre Strahlen wärmten nicht mehr. Viele Menschen auf den Bahnsteigen warteten auf den Zug, der aus Colorado Springs abgefahren war.

Ein Schaffner öffnete die Türen der Waggons. Aus dem letzten Abteil stieg ein großer, knochiger Mann. Trotz der kalten Witterung war er nur mit einer ungefütterten Lederjacke unterwegs. Er ging sehr langsam und schleifte das linke Bein nach. Sein Aussehen wirkte stark verwildert. Ausgewaschene, fleckige Jeans, ungebügeltes Baumwollhemd, sporenlose, schief abgetretene Stiefelabsätze. Das stoppelbärtige Gesicht wurde bis zur Nase von dem breitkrempigen Hut beschattet.

Es herrschte reger Betrieb auf dem Bahnhofsgelände und niemand nahm Notiz von dem Mann, der eine weite Reise hinter sich gebracht hatte, die hier in Denver zu Ende gehen sollte.

Ein kalter Wind wehte in der Stadt. Er kündigte den nahen Winter an. Man glaubte bereits den Schnee zu riechen, der bald fallen würde.

Der neue Besucher besaß kein Gepäck. Er stellte den Kragen der dünnen Lederjacke hoch. Die meisten Männer, die ihm begegneten, trugen dicke, warme Fellmäntel und Wollhandschuhe.

Der Fremde fröstelte. Er dachte daran, dass er auch einen Mantel vertragen könnte. Aber vielleicht war die Zeit zu kurz. Er wollte sich nicht zu lange in Denver aufhalten.

Ein rasselnder Ruck erschütterte die Waggonreihen. Das schwarze, stählerne Ungetüm von Dampflok setzte sich stöhnend und schwerfällig in Bewegung. Langsam rollten die gewaltigen Eisenräder über die blanken Schienen. Metall rieb auf Metall und der Triebwagen stieß eine kohlrabenschwarze Rauchwolke in den graubehangenen Himmel.

Der Hagere murmelte vor sich hin: „Denver, ich habe es geschafft. Ich bin zurück in Denver."

Wie festgenagelt stand er inmitten des Bahnsteiges. Ein Geschwirr von Menschen um ihn herum und er konnte es nicht fassen. Er war zu Hause. Aber war das noch sein Zuhause?

Dann ließ er sich von der Menge treiben. Er humpelte aus dem Bahngelände auf die Hauptstraße.

Frostklarer Wind blies ihm schneidend ins Gesicht. „Ich brauche vielleicht doch eine warme Jacke", dachte Bill Eastackey wiederholt. „Es ist zu kalt in Denver."

Er marschierte zwischen fremden Menschen an fremden Häusern vorbei. Die Stadt hatte sich gewandelt. Er kannte sie nicht mehr. Das war nicht mehr die Stadt, die er vor langer Zeit verlassen musste. Denver war groß und unübersichtlich gewachsen. Neue imposante Häuserfassaden waren auf einem Untergrund errichtet, auf dem vor zehn Jahren nur Stein und Schotter gelegen hatte.

Früher kannte er nahezu jeden Bürger. Heute liefen nur noch Fremde auf den Straßen.

Saloon reihte sich an Saloon. Drugstore an Drugstore, dazwischen Spielhallen, Bars und Freudenhäuser. Es gab nichts, was es nicht gab. Pferdeverleih, Kredit und Immobilienbüros, Waffen, Munition. Ein neugebautes Sheriffoffice mit drei Gefängniszellen. Ein Viehverladebahnhof und Güterzüge mit brüllenden Rindern.

Leute rannten an Bill Eastackey vorbei. Dick vermummte Reiter trabten durch die Mainstreet. In Denver pulsierte das Leben. Die Stadt war aus dem Dornröschenschlaf erwacht.

Lärm, Geschrei, Schüsse, Gedränge...

Bill Eastackey fühlte sich ausgestoßen. Er hinkte wachsam weiter. Ihm fiel auf, dass viele Gebäude mit der Aufschrift **ROLAND BUCK & BERT SULFAST** als Eigentümer genannt wurden. Auch einige Banken und Verleihhäuser trugen diese Namen. Anscheinend hatten sich Buck und Sulfast ein Imperium erschaffen.

Bill Eastackey erreichte die Altstadt und nun änderte sich das Bild. Da war Joe Bells kleiner Saloon, Miss Lesters Drugstore und Sam Spiders gemütliches Speiselokal.

Als er am offenen Schmiedetor von Big Murphy vorbeikam, verhielt er den Schritt und blickte hinein.

Der alte, immer noch muskelbepackte Murphy stand mit freiem Oberkörper am Schmiedeblock und bearbeitete ein Flacheisen mit gewaltigen Hammerschlägen. Er schwitzte aus allen Poren und sein faltiges Gesicht glänzte wie eine Speckschwarte.

„Sieh mal an", lächelte Eastackey insgeheim. „Der gute Big Murphy, wie er leibt und lebt. Wer hätte das gedacht."

Der Schmied bemerkte die Aufmerksamkeit des Unbekannten. Er ließ den Vorschlaghammer sinken und hob den grauhaarigen Kopf. Vor der Scheune weilte ein unrasierter Mann in einer zu dieser Jahreszeit viel zu dünnen Lederjacke und beobachtete ihn während der schweißtreibenden Arbeit. Big Murphy wusste nicht wer der Fremde war. Zehn Jahre waren eine verdammt lange Zeit und hatten das Aussehen von Eastackey gravierend verändert.

„He, Stranger, was kann ich für Sie tun?"

„Guten Tag, Big Murphy", rief Eastackey laut zurück, winkte kurz und ging weiter.

Für einen Wimpernschlag lang schien der rußgeschwärzte Schmied zu stutzen und zu überlegen. Doch dann schüttelte er verärgert das ergraute Haupt und nuschelte so etwas Ähnliches, wie: „...du siehst Gespenster, alter Narr!" Grimmig schwenkte er den Hammer und donnerte ihn auf das glühende Eisen. Eine Sekunde später hatte Murphy den bärtigen Fremden vor der Schmiede bereits vergessen.

Bei seinem Weg in die Vergangenheit blieb Bill Eastackey abermals stehen. Joe Bells Saloon war neu renoviert. Die Fassade frisch gestrichen und das Gebäude um eine Etage aufgestockt. Bells lebte anscheinend auf großen Fuß. Eastackey erinnerte sich, dass Bells vor zehn Jahren sich mehr schlecht als recht durchs Leben schlug. Immer am Existenzminimum. Das große Geschäft in Denver machte damals der Golden Hill Palast.

Nach kurzer Überlegung betrat Bill Eastackey den Saloon. Stinkige Luft, gemischt mit Tabaksqualm, Wiskynebel und Körperausdünstungen schlug ihm entgegen. Obwohl es erst am späten Nachmittag war, zeigte sich die Bar gutbesucht.

Auf einer Bühne, welche es seinerseits noch nicht gab, präsentierte sich eine rothaarige Frau in einem goldglänzenden Latexkleid mit sensationellem Dekolleté und sang mit rauchiger Stimme das Lied vom großen Banditen Jesse James.

Nichtbeachtet lahmte Eastackey durch die engen Tischreihen zu den Bartresen. Die angetrunken Männer glotzten aus gierigen Augen auf die offenherzige Sängerin.

Er fand einen freien Platz an der Theke. Ein Jüngling, der aussah wie ein Greis, erkundigte sich nach seinen Wunsch.

„Gib mir einen doppelten Whisky, Kleiner!"

Der Junge suchte die Flasche im mittleren Regal.

„Stop, Freund", sagte Eastackey. „Nimm die Pulle aus dem untersten Regal. Die außen rechts, genau die!"

Zögerlich bückte sich der Barjunge und holte die geforderte Flasche. Während er den Korken herauszog, fragte er misstrauisch: „Ich habe Sie hier noch nie gesehen, Mister. Wieso wissen Sie...?"

Nicht unfreundlich sagte Eastackey: „Den besten Whisky versteckte Joe Bells bereits vor zehn Jahren im untersten Regalwinkel. Er bewahrte ihn nur für seine Stammgäste und für besondere Anlässe auf."

„Sie sind ein Stammgast?"

Ohne zu antworten, nahm Eastackey das gefüllte Glas, nippte daran und drehte sich um. Uninteressiert verfolgte er das bunte Treiben und die vielen, stark geschminkten Animiermädchen in hautengen Kostümen und schwarzen Netzstrümpfen, die angeregt mit den Gästen schäkerten. Auch etwas, das es vor zehn Jahren hier nicht gegeben hatte. Damals bediente Joe Bells noch selber. Er konnte sich keine Angestellten leisten. Heute schien das anders. Da hing ein imposanter Kronleuchter an der bemalten Decke, da gab es ein modernes Piano an der stattlichen Bühne und eine rassige Sängerin.

Die Rothaarige beendete ihr Lied, zog eine rote Rose aus dem Strumpfband und warf sie zwischen die beifallklatschenden Zuschauern. „Zugabe, Marylin, Zugabe!" brüllten sie enthusiastisch. Aber die Schöne schenkte ihnen nur Kusshände, verbeugte sich so tief, dass ihr praller Busen halb aus dem Kleid rutschte und die Männer begeistert mit den Füßen trampelten. Der purpurne Samtvorhang rauschte hernieder und die wunderbare Marylin verschwand.

Ruhig leerte Eastackey das Glas. „Schenke noch einmal nach, Junge", sagte er über die Schulter.

Eine Tür neben der Bar mit der Beschriftung **Privat** öffnete sich und ein dicker Mann spazierte aus dem Zimmer.

Eastackeys Augen verengten sich. Er erkannte den Mann sofort. In all den Jahren hatte er sich nicht besonders stark verändert.

Joe Bells trug einen dunkelblauen Prinz Albert Rock, ein blütenweißes Hemd mit roter Fliege und eine goldene Taschenuhr an der Weste. Der Körper wirkte feist und aufgedunsen. Er war hutlos und die Glatze schimmerte im Licht des Kronleuchters. Lebhaft unterhielt er sich mit einem vorbeigehenden Zigarettengirl. Dicht hinter ihm erschien ein falkengesichtiger Mann mit zwei tiefhängenden Revolverhalftern. Bells hatte sich einen Leibwächter gekauft.

Gemächlich schlenderte er durch die Tische, begrüßte Gäste, schüttelte Hände, sprach kurze Allgemeinsätze, nickte beflissentlich. Immer den lauernden Wachhund auf den Fersen.

Joe Bells kehrte wieder zur Theke zurück. Ein flüchtiger Blick streifte Eastackeys ausdrucksloser Miene. Bells erkannte ihn nicht.

„Hallo, Chico, wie läuft das Geschäft?" fragte er seinen jungen Barkeeper.

„Ausgezeichnet, Mr. Bells", versicherte der eifrig. „Soll ich Ihnen einen Trink eingießen?"

„Guter Vorschlag, Chico. Orangensaft mit einem kräftigen Spritzer. Du weißt schon, die bewährte Mischung."

Über Eastackeys Mimik huschte ein Lächeln. So weit er zurückdenken konnte, bevorzugte Bells dieses Getränk.

„Zum Wohle". Er hob sein Glas und prostete dem Gegenüber zu.

„Zum Wohle, Stranger", sagte Bells höflich, trank und stellte sein Glas auf den Tresen. Dann wollte er weitergehen.

Da stoppte ihn Eastackeys ruhige Stimme: „Aber, aber, Freund Joe, alter Kumpel. Wie behandelst du deine alten Gäste? Hast du mich vielleicht vergessen?"

„Tut mir leid, Mister. Es kommt und gehen eine Menge Leute in meinem Saloon. Ich kann mich unmöglich an jeden Besucher erinnern. Wie gesagt, es tut mir leid. Amüsieren Sie sich und entschuldigen mich. Ich habe zu tun."

Hart hielt Eastackey den Weggehenden am Arm fest und sagte: „Es ist lange her, als wir uns das letzte Male sahen. Verdammt lange her, Joe. Damals warst du noch ein armseliger Wirt, der ums Überleben kämpfte und um jeden Gast froh war. Heute scheinst du das nicht mehr nötig zu haben. Du scheffelst Erfolg und Reichtum. Wie hast du das geschafft, Joe?"

„Das muss ein Irrtum sein", knurrte Bells abweisend und versuchte die verkrüppelte Hand vom Oberarm abzuschütteln. „Sie verwechseln mich, Mister. Was wollen Sie von mir? Ich kenne Sie nicht. Wollen Sie betteln? Dann sind sie bei mir an der falschen Stelle."

Lautlos wie eine Katze schlich der Revolvermann neben Joe Bells. „Gibt es Schwierigkeiten, Boss? Belästigt Sie dieser Tramp?"

Der Saloonbesitzer antwortete nicht. Er studierte Eastackeys narbiges Gesicht.

„Zehn Jahre, Joe, du musst zehn Jahre zurückdenken. Überlege."

In Bells hinterstem Gedächtniswinkel begann sich etwas zu regen. Es war wie ein dichter Nebel, der sich langsam lichtete. Lange lag es zurück, endlos lange.

Beunruhigt ergründete er das fahle Angesicht des Fremden. Diese Augen, zum Teufel, wo hatte er diese Augen schon gesehen? Nur waren diese damals nicht so hart und gnadenlos. Sie zeigten sich lebhaft, lustig und jung, ja sehr jung.

Eisig sagte der Fremdling: „Denk nach, Joe. Denk an das große Fest vor zehn Jahren im **Golden Hill Palast**. Du hast deine Kneipe zugesperrt um auch mitzufeiern."

Und dann kam die Erinnerung. Sie traf Bells mit der Wucht eines Schmiedehammers, betäubte ihn halb und lähmte ihn augenblicklich. Ungläubig stotterte er, erschrocken bis ins Mark: „Eastackey! Billy Eastackey! Das ist unmöglich,... Herr des Himmels!"

„Lass den Himmel aus dem Spiel, Joe. Du warst damals auch dabei, nicht wahr? Du weiltest unter den Geschworenen, die mich schuldig gesprochen haben. Nicht wahr, dir fällt es wieder ein?"

Mehrmals schluckte Bells und auf der breiten Stirn glänzten die ersten Angsttropfen. ‚Die Abrechnung', blitzte es durch sein Gehirn. ‚Billy ist da. Ich habe es gewusst. Immer wieder habe ich es ihnen gesagt. Er wird zurückkommen. Sie lachten mich aus. Aber nun ist er da!' Eine imaginäre Hand krallte sein pochendes Herz und presste es zusammen. ‚Er wird uns alle umbringen!'

Die Vergangenheit holte ihn ein. Auf einmal erinnerte er sich an den verhängnisvollen Tag, an dem der junge Billy Eastackey verliebt mit der schönen Kinderlehrerin Ellen Cortwigth tanzte. Schwungvoll und übermütig. Dann krachte die Tür auf und die ‚Drei Raubtiere' eroberten den Saloon. Später krümmte sich Eastackey blutüberströmt auf dem dreckigen Holzboden, schmerzbrüllend und halb wahnsinnig. Die Kniescheibe gesplittert, drei Finger der rechten Hand von Kugeln abgetrennt. Und niemand in Denver rührte nur einen Finger. Niemand, Bells nicht und auch die restlichen Anwesenden nicht. Alle schauten tatenlos zu. Bells hörte, als wäre es erst gestern geschehen, die schreiende Stimme Eastackeys im Gerichtssaal: „Zehn Jahre sind keine Ewigkeit. Wenn es eine Gerechtigkeit gibt, dann komme ich wieder..."

Bill Eastackey hatte Wort gehalten. Er war zurück. Panische Angst überfiel Bells und raubte ihm jeden klaren Gedanken: ‚Er ist gekommen um mich zu töten. Er ist gnadenlos und wird mich wie einen Hasen niederknallen. Ich muss ihn aufhalten...'

Wie von Sinnen keifte er: „Randolph, dieser Mann will mich töten. Tu was dagegen. Schieß endlich! Verteidige mich!"

Die Besucher hinter Bells erhoben sich rasch von den Stühlen und drängten sich aus der Schusslinie.

Barsch sagte Eastackey zu dem Revolvermann: „Verschwinde, Amigo! Halte dich heraus. Das ist eine private Angelegenheit. Das betrifft dich nicht!"

Joe Bells fauchte: „Du sollst ihn abknallen, Randolph. Los, mach schon. Du wirst von mir bezahlt, um mich zu beschützen. Knall den Kerl ab!"

Unmerklich zauderte der Leibwächter, dann griff er blitzschnell zu den Colts.

Böse lachte Bill Eastackey auf. Die linke Hand holte den Revolver aus dem Halfter und der rechte Handballen wischte über den Hahn.

Randolph Cutter bekam das Schießeisen nur halb hoch, als ihn die erste Kugel traf. Er taumelte rückwärts, aber er ließ die Waffe nicht los.

Eiskalt wartete Eastackey ab, bis Cutter es schaffte den Revolver auf ihn zu richten. Dann schoss er abermals.

Cutter gurgelte. Der Colt entglitt ihm und auf dem Hemd verbreitete sich ein dunkler Fleck überhalb des Herzens. Er sackte auf die Knie. Verzweifelt versuchte er den zweiten Revolver zu ziehen. Erneut wartete Eastackey seelenruhig. Als der Verletzte endlich die Waffe hochbekam, feuerte Eastackey ein letztes Mal. Stumm stürzte Cutter vorüber auf das Gesicht und tränkte die Bretterdielen mit seinem Blut.

Eastackey schwenkte den rauchenden Colt auf den wachsbleichen und vor Furcht bebenden Joe Bells. „Okay, alter Joe. Bewege deinen fetten Arsch. Gehen wir in dein Büro!"

Entnervt streckte Bells die Hände zur Abwehr vor: „Du kannst mich nicht vor allen Augen erschießen. Das ist Mord. Das kannst du nicht tun, Billy. Es gibt zu viele Zeugen dafür."

„Glaubst du, das interessiert mich? Aber nur ruhig Blut. So schnell töte ich dich nicht. Los, marschiere in dein Zimmer!" Eastackey wedelte mit dem Revolverlauf.

Angstschlotternd folgte Joe Bells der Aufforderung.

Mit den Rücken schloss Eastackey die Tür und lehnte sich dagegen.

Das Büro war schlicht, aber praktisch eingerichtet.

„Nimm Platz, Joe", befahl er und deutete auf den Stuhl. „Setze dich hin, oder ich helfe nach."

Artig nahm Bells Platz. Die Lippen zuckten, die Augen wanderten unstet hin und her. Er klemmte die Hände zwischen die Beinschenkel.

Unvermittelt fragte Eastackey: „Wo ist Roland Buck?"

Bells würgte zuerst den fiktiven Kloß hinunter, bevor er antworte: „Buck und Sulfast leben auf der Silver-Ranch, die sie sich bald nach deiner Verurteilung angeeignet hatten."

„Was ist mit Tim Over, Audie Long und Max Brand?"

Nur zurückhaltend erwiderte Bells: „Sie arbeiten für Buck und Sulfast. Sie sind für die Sicherheit der Beiden zuständig."

Verärgert knurrte Eastackey, steckte den Colt weg und langte nach einer Zigarillo in der Hemdbrusttasche. Er rieb das Streichholz am

Türbalken und zündete den Glimmstengel an. Aus schmalen Augen taxierte er den dicken, von Todesfurcht gequälten Joe Bells. Die Samtfliege hing schräg am Hemdkragen. Der Schweiß floss ihm über die aufgeblasenen Backen. Und der Körper bebte wie Espenlaub.

Nachdenklich rauchte Eastackey. Eine wichtige Frage brannte ihn auf der Zunge. Aber er wusste nicht, wie er sie formulieren sollte. Endlich fragte er wie nebenbei: „Lebt Ellen Cortwigth noch in der Stadt?" Er tat interesselos, musterte ausgiebig seine Stiefelspitzen. Nichts in der Mimik verriet, was ihm die Antwort bedeutete. Die Hand mit der Zigarette zitterte nicht.

Nervös nickte Bells. Zum Sprechen fehlte ihm die Stimme. Doch dann merkte er, dass Eastackey das Nicken nicht sehen konnte und er sagte heiser: „Nein, sie lebt draußen auf einer Farm. Sie kommt nur noch selten nach Denver. Machmal kauft sie ein."

„Sie ist nicht mehr Lehrerin?"

„Nein, schon lange nicht mehr." Bells ahnte die heikle Gefahr in die er sich begab. ‚Frag nicht nach, Bill. Forsche nicht weiter nach, was mit deiner Ellen ist.' bangte er.

Doch Eastackey ließ nicht locker: „Wieso ist Ellen nicht mehr Lehrerin? Und auf welcher Farm wohnt sie? Was ist passiert?"

Auch Bells begutachtete jetzt die Stiefelspitzen. Ganz leise murmelte er: „Ellen lebt auf der Silver-Ranch. Sie ist verheiratet..." Fast unhörbar fügte er hinzu: „Mit Roland Buck!"

Ein Fausthieb mitten ins Gesicht konnte nicht schlimmer wirken. „Was sagst du da?" Eastackeys Miene verwandelte sich in eine hässliche Fratze. Er verweigerte zu glauben, was er da gehört hatte. „Wiederhole das, Joe."

„Ellen hat Roland Buck geheiratet!"

Wild sprang Eastackey auf Bells zu und stemmte ihn aus dem Stuhl. Er rüttelte ihn durch wie ein nasses Hemd.

Bells wehrte sich nicht. Er war wie eine Marionette in Eastackeys Händen.

Zornig schrie ihn der an: „Du lügst, du fetter Zwerg. Nimm diese Verleumdung sofort zurück oder ich schlage dir die Zähne in den Hals. Du gottverdammter Lügner. Niemals würde mir das Ellen antun. Niemals würde sie Buck heiraten, eher würde sie sterben wollen."

Plötzliche Wut überrannte Bells und er stieß heftig hervor: „Du hirnloser Narr! Das ist die Wahrheit. Ich kann doch nichts dafür. Deine Ellen hat sich mit Roland Buck vermählt. Es war eine glanzvolle Hochzeit. Ganz Denver feierte mit."

Rabiat schlug ihm Eastackey die flache Hand ins Antlitz und schleuderte ihn auf den Stuhl, dass dieser beinahe zu Bruch ging. Er zückte den Colt, zielte auf Bells und flüsterte tonlos: „Nimm den Narren zurück, Joe. Du hast eine Sekunde, dann ballere ich dir dein Scheißgehirn an die Wand."

Geschockt wischte Bells das Blut von seinen aufgeplatzten Lippen. Lieber Gott, was ist aus dem netten Billy von damals geworden. Ein Mann ohne Barmherzigkeit, rücksichtlos und hasserfüllt. Was hatten sie ihm in Yuma angetan, dass er so geworden ist. Eine seelenlose Tötungsmaschine.

Bells hörte sich mit fremder Stimme sagen: „Entschuldige, Bill. Das war nicht so gemeint. Du bist kein Narr. Der Narr bin ich."

Rasselnd atmete Eastackey ein und aus. Er versuchte sich zu beruhigen. Er drehte sich halbseitig um, damit Bells nicht sein Gesicht sah, in dem es wühlte und arbeitete.

Da glaubte Joe Bells eine Chance zu sehen. Flink griff er in die Innentasche seines Rockes und zerrte den verborgenen Derringer heraus.

Im letzten Moment registrierte Eastackey aus dem Augenwinkel die huschende Handbewegung des Saloonbesitzers. Und er reagierte beinahe zu spät.

Der Derringer detonierte und Eastackey spürte einen heißen Luftzug an der Wange und vernahm, wie das Blei in das Türgebälk einschlug. Instinktiv duckte er sich und schoss zurück.

Die Kugel traf Joe Bells mitten in die Stirn. Ein dünner Blutfaden sickerte aus der kleinen Wunde. Der aufgeschwemmte Körper rutschte vom Stuhl. ‚Ich habe es gewusst. Billy ist zurück und nimmt seine Rache. Er wird uns alle töten. Keiner wird ihn aufhalten können', durchzuckte es den sterbenden Bells.

Als sich Bill Eastackey zu Bells hinabbückte, war dieser schon nicht mehr am Leben. Müde stemmte er sich auf und ein stechender Schmerz wütete im verkrüppelten Knie.

Die Bürotür polterte auf. Männer stürmten in den Raum.

Demonstrativ lud Eastackey den Colt nach und verstaute ihn im Holster. „Joe Bells ist tot", sagte er zu dem Mann, der sich über Bells beugte. „Er konnte seine Chance nicht nützen. Obwohl er zuerst feuerte".

Der Weidereiter bei dem Erschossenen nickte: „Ja, sein Derringer krachte als erster. Wir haben es gehört." Fragend musterte er Eastackey: „Warum hat er Sie nicht getroffen?"

„Seine Hand zitterte zu stark", murmelte Eastackey. „Er war alt und er hatte Angst.- Sollte mich der Sheriff suchen, ich bin in Sam Spiders Lokal beim Abendessen."

Er drängte sich durch die neugierige Meute. Im Saloon lag der tote Revolvermann Randolph Sutter immer noch auf den Brettern. Ein löchriger Kartoffelsack bedeckte ihn notdürftig.

Bill Eastackey stiefelte durch der Schwingtür nach draußen.

Ein unangenehmer Wind wehte durch die Häuserklüften und Eastackey schauderte vor Kälte, obwohl er unter dem Vordach einigermaßen geschützt war.

Auf Gangway marschierte ein hünenhafter Mann im knöchellangen Wolfspelzmantel auf Eastackey zu. In der behandschuhten Rechten hielt er eine Winchester und auf der Brust blinkte der Sheriffstern. Die wenigen Passanten, die seinen Weg kreuzten grüßten ihn respektvoll und wichen zur Seite aus.

Der Sheriff stieg die Treppen zur Veranda des Saloons hinauf, ging achtlos an Eastackey vorbei und verschwand im Gebäudeinnern.

Eastackey zündete eine weitere Zigarillo an und verließ den Vorbau um auf die andere Seite der Straße zu gelangen. Der frostige Wind schnitt ihm voll ins Gesicht und die Haut wurde kalt und steif. Er beschleunigte die Schritte und erreichte das Speiselokal von Sam Spider. Die erkaltete Zigarillo wippte zwischen seinen Lippen. Er warf sie weg und ging hinein.

Alles sah aus wie immer.

Der sauber geputzte Fußboden, die hellen Vorhänge vor den Fenstern, auf den weißen Tischdecken frischgeschnittene Blumen in den Vasen. Hier rangierte freundliche Gastlichkeit als oberster Gebot.

Er war um diese Zeit der einzige Hungrige und setzte sich an einen Tisch, von dem er den Saal, das Fenster und den Eingang überblicken konnte. Er hängte den Hut auf eine Stuhllehne und streckte die Füße aus. Irgendwie irritierte ihn die Sauberkeit. Er roch seine eigene Ausdünstung und dachte daran, dass er unbedingt ein Bad und frische Wäsche nötig hätte. Vielleicht nach dem Essen.

Es dauerte nicht lange und aus der Küche eilte ein sehr junges Mädchen. Schulterlanges Kastanienhaar, rehbraune Augen, milchiges Gesicht. Sie war eine kleine Schönheit. Um ihre schmale Wespentaille hatte sie eine bunte Schürze gebunden.

Freundlich begrüßte sie den neuen Gast: „Guten Abend, Mister. Was darf ich Ihnen servieren?"

„Steaks, Kartoffel, Bohnen, zwei Spiegeleier, hart gebraten, dazu eine Kanne Kaffee." Während Eastackey seinen Wunsch äußerte, spürte er wie die Wärme des geheizten Raumes in ihm eindrang und die Glieder auftaute.

Verständnisvoll lächelte sie: „Es ist bitterkalt geworden. Der Winter ist nicht mehr weit."

Er nickte: „Sie haben recht, Miss. Ich dachte nicht, dass es in Denver so kalt ist."

Das hübsche Mädchen behielt ihr reizendes Lächeln. Sie zögerte. Als wollte sie noch etwas sagen und traute sich nicht.

„Was ist, Miss?"

Sie nahm all ihren Mut zusammen und sagte: „Nehmen Sie es mir nicht übel, Mister. Sie... Sie könnten ein Bad vertragen. Das Essen dauert zwanzig Minuten. Wenn Sie wollen, richte ich Ihnen für einen Dollar einen heißen Bottich her. Sie können bei mir auch saubere Unterwäsche kaufen."

Nachdenklich sah Eastackey sie an. Er kannte die blutjunge Frau nicht und trotzdem war sie ihm nicht fremd. „Ich weiß nicht, Miss, ob das eine gut Idee ist", sagte er und wusste nicht was er von ihrem Angebot halten sollte. „Ich bin nur auf der Durchreise. Ich werde lediglich ein paar Tage bleiben. Sie sollten sich keine Hoffnungen machen."

Das Mädchen errötete bis zu den Haarwurzeln. Heftig erwiderte sie: „Was denken Sie von mir, Mister? Ich bin nicht so eine. Ich... brauche Geld um mein Lokal zu behalten. Dafür biete ich noch andere Dienste an. Ich nähe und ändere Kleider. Reinige Wäsche. Unter anderen vermiete ich auch Bad und Unterkunft an Gästen."

„Ich bin ein Holzkopf, Miss. Verzeihen Sie mir. Es ist lange her, als ich mich mit einem hübschen Mädchen unterhalten durfte. Ich würde mich sehr gerne baden. Danke."

Sie lächelte ihn bezaubernd an. „In fünf Minuten ist das Wasser heiß. Ich rufe Sie!" Eiligst rannte sie in die Küche.

Die Eingangstür wurde aufgestoßen und Mann mit dem Sheriffstern stand im Türrahmen. Er suchte den Lokalraum ab, entdeckte schnell den in der Ecke sitzenden Bill Eastackey und steuerte direkt auf ihn zu. Der Sheriff schien ein stolzer, unbeugsamer Mann zu sein. Hartes Gesicht, dünne Lippen, pechschwarze, weitauseinanderstehende Augen, buschige Brauen.

Vor Eastackeys Tisch blieb er stehen und schaute auf ihn hernieder.

Bill Eastackey wartete ab.

Der Hüne legte die Winchester auf die Tischplatte. „Ich bin Clay Tim Fisher", sagte er rau und inspizierte Eastackey unpersönlich. „Ich vertrete das Gesetz in dieser Stadt."

Weiterhin schwieg der Mann aus Yuma.

Monoton fuhr der Sheriff in seiner Rede fort: „Sie haben seit Ihrer Ankunft in Denver zwei Menschen getötet, Mister. Zwei Bewohner dieser Stadt. Das kann ich nicht dulden. Joe Bells und Randolph Cutter waren Bürger, von deren Steuergeldern ich bezahlt wurde um sie zu schützen. Sie haben Glück, dass einige Augenzeugen für Sie aussagten. Angeblich handelten Sie in Notwehr. Ich werde das respektieren.- Nun zu Ihnen, Mister. Wer sind Sie und was wollen Sie in unserer Stadt? Wenn Sie keinen Job haben und Sie nur auf der Durchreise sind, dann ist Ihr Aufenthalt auf 24 Stunden begrenzt. Bleiben Sie länger, jage ich Sie mit der Peitsche aus der Stadt."

Unbeeindruckt sagte der bärtige Fremdling: „Mein Name ist Bill Eastackey. Und ich bin nach Denver gekommen um meine Erzfeinde zu erschießen."

„Sind Sie verrückt?" schnarrte Fisher wie ein rostiges Reibeisen. „Sie behaupten allen Erstes, Sie wollen jemanden töten? Dafür reisen Sie extra nach Denver?"

Gefühllos hielt Eastackey den Blick von Fisher stand. „Du hast dich nicht verhört, Sternträger. Ich habe einen langen Weg hinter mir. Jetzt bin ich da und ich werde zwei Männer dieser Stadt zur Hölle schicken. Du kennst die Namen. Roland Buck und Bert Sulfast. Ich töte sie und keine Macht auf Erden wird mich aufhalten."

Giftig zischte Fisher durch die Zähne: „Du bist scheinst wirklich verrückt zu sein, Eastackey. Du erscheinst einfach in meiner Stadt und drohst zwei angesehene Stadtbewohner zu ermorden? Das werde ich zu verhindern wissen und zwar sofort." Seine Hand schnappte nach dem Gewehr.

„Lass das sein!", warnte Eastackey und hielt den Colt schon in der Faust. „Du bist zu langsam, Mann. Vermutlich hast du recht, Sheriff, und ich bin absolut verrückt. Aber glaube mir. Ich erschieße auch einen Sternträger ohne mit der Wimper zu zucken, wenn er sich mir in den Weg stellt. Auch wenn der Sternträger Clay Tim Fisher heißt und so tut, als wäre er das Gesetz."

Nüchtern wägte der Sheriff seine Chancen ab, dann richtete er die Gewehrmündung auf den Boden. „Okay, Stranger, Du hast gesagt, was zu sagen ist. Das nächste Mal bin ich am Drücker. Du nimmst morgen den ersten Zug nach Irgendwo. Du verlässt meine Stadt. Treffe ich dich noch an, erschieße ich dich ohne Warnung. Es gibt keinerlei Fairneß. Habe ich mich verständlich ausgedrückt?"

„Das ist in Ordnung, Sheriff. Nun wissen wir beide, was wir voneinander zu halten haben. Tu mir einen Gefallen und benachrichtige Roland Buck und seinen Freund, dass Bill Eastackey wieder in der City ist."

Missmutig brummelte Clay T. Fisher etwas, das Eastackey nicht verstand. Er klemmte die Winchester unter den Arm und sagte wieder deutlicher: „Vergiss nicht, Mann. Ich will dich morgen Mittag nicht mehr antreffen. Ansonsten schmeiße ich dich persönlich in den stinkigsten Viehwaggon." Sporenklirrend stiefelte er aus dem Raum.

Bedächtig legte Eastackey den Revolver aus der Hand.

Neben ihm stand das Mädchen. Er hatte es gar nicht kommen hören. Ungläubig sagte es: „Mein Gott, du bist Bill Eastackey? Du bist zurückgekehrt um Roland Buck zu töten?"

Brüsk erwiderte er: „Du hast gelauscht, Kleines?"

„Ich habe nicht gelauscht. Das war nicht nötig. Die Unterhaltung war ja laut genug." Unaufgefordert setzte sich das Mädchen an den Tisch. Ihm wurde leicht unbehaglich unter ihrem prüfenden Blick. „Du bist wirklich Bill Eastackey? Und du erkennst mich nicht?"

„Müsste ich dich kennen?"

„Ich bin Susanne Spider", sagte sie ruhig und forschte in seinen grauen Augen.

Er war verblüfft: „Zum Teufel, du bist Susi, Sams heißgeliebtes Töchterchen?"

„Ich war gerade neun Jahre alt, als dir das Furchtbare im **Golden Hill Palast** zustieß. Weiß du eigentlich, wie verliebt ich in dich war?"

Er wusste nicht, was er darauf antworten sollte und schwieg.

„Bill, erinnerst du dich, ob mein Vater damals auch im Saloon war?"

„Kann sein, ich weiß es nicht mehr", sagte er zögernd. „Aber wer war an diesen verfluchten Tag nicht im Golden Hill? Warum fragst du?"

Verbittert sagte Susanna: „Roland Buck wollte meinen Vater zwingen im Gericht als Geschworener gegen dich zu urteilen. Aber er weigerte sich trotz der massiven Bedrohung und..." Ihre Stimme erstickte im Schmerz und Tränen kugelten über ihre Wangen. Stockend sprach sie weiter: „Eines Tages tauchte Buck mittags in unseren gutbesuchten Lokal auf und ging mit gezückter Waffe auf Paps los und fragte: „Wirst du auf der Gerichtsbank sitzen und für mich der Gerechtigkeit genüge tun, Sam Spider?" Paps sagte ihm, er soll sich zum Teufel scheren. Da hob Buck den Colt und schoss. Er drückte einfach ab. Er..., er tötete Papa vor allen Gästen mit einem Kopfschuss und keiner tat was dagegen..."

Kein Muskel zuckte in Eastackeys versteinerter Miene. Er zeigte seine Betroffenheit nicht. Schleppend sagte er: „Das wusste ich nicht. Sam war ein guter, furchtloser Mann. Ein Grund mehr, Roland Buck unter die Erde zu bringen."

Heftiger Zorn loderte in ihren Augen. Die blassen Lippen vibrierten. „Ich habe auf dich gewartet, Bill. Inbrünstig hoffte ich auf deine Rückkehr. Jede Nacht wachte im am dunklen Fenster, betete und wünschte, dass du kommst und uns von diesen Satan befreist. Du wirst ihn doch töten, Bill? Deshalb bist du doch wiedergekommen, nicht wahr?"

„Ja, Mädchen, ich bin gekommen, um Roland Buck zu töten!" Und niemand auf der Welt verstand den Hass in ihren Herzen, so gut wie er.

„Ich war damals nur ein kleines Gör, das dich insgeheim anhimmelte. Du hast mich nicht beachtet. Deine Liebe gehörte Ellen Cortwigth. Als die Bürger dieser Stadt dich verurteilten, konnte ich das Unrecht, das dir widerfuhr, gar nicht richtig begreifen. Ich wurde meiner Kindheit, meiner Jugend beraubt. Mein Vater war tot und ich allein auf mich gestellt. Ich kam zu Pflegeeltern und Buck eignete sich unser Restaurant an, wie er so vieles mit Gewalt nahm. Erst vor einem Jahr gab mir dieser Barbar die Gelegenheit wieder das Lokal meines Vaters zu übernehmen. Ich darf jetzt mein Eigentum für einen sündhaft teureren Kredit abbezahlen. Nicht nur du, Bill Eastackey, auch ich lebte all die Jahre im Höllenreich. Aber es war mir unmöglich Denver zu verlassen. Ich war gefangen im goldenen Käfig und du warst meine einziger Lichtblick."

Ermattet erhob sich Eastackey: „Ich möchte baden, dann essen und mich ausruhen. Morgen ist ein harter Tag..."

***

Die Nacht war hereingebrochen. Susanne Spider hatte Bill Eastackey ein kleines Zimmer zum Schlafen hergerichtet. Bald nach dem Abendessen war er gegangen.

Jetzt lag er halbnackt, im Dunkeln auf der Liegestatt und konnte trotz Übermüdung nicht einschlafen. Er versuchte an Nichts zu denken. Doch immer wieder hörte er Joe Bells sagen: „Ellen lebt auf der Silver-Ranch. Sie ist verheiratet... mit Roland Buck." Unruhig wälzte sich Eastackey im Bett. Wirre Hirngespinste hielten ihn wach. Erst in den frühen Morgenstunden fiel er in einen tiefen Schlaf.

Wie erschlagen erwachte er, als kaltes Sonnenlicht den Raum durchflutete. Er tauchte das Gesicht in eine mit Wasser gefüllte Schüssel, die auf einem Stuhl abgestellt war. Er spürte, wie er munterer wurde. Danach kleidete er sich mit den Sachen an, die ihm Susanne gestern Abend überlassen hatte. Unterwäsche, ein kariertes Oberhemd, eine weite Baumwollhose. Alles passte einigermaßen. Er band sich den Revolvergurt um und schlüpfte in seine alte Lederjacke.

Unten in der Küche hantierte schon Susanne. Er grüßte sie. Sie war so wunderbar jung und hübsch, dass es ihm ganz warm ums Herz wurde.

„Augenblick, Bill, das Frühstück ist gleich fertig."

Hinterher trank er Kaffee und rauchte eine Zigarette.

„Was wirst du heute unternehmen, großer Billy?"

„Nicht viel. Ich werde nur in der Stadt spazieren gehen. Alle sollen mich sehen. Sie sollen wissen, ich bin wieder da. Und irgendwann wird Roland Buck und sein Busenfreund erscheinen."

„Fisher hat gesagt du solltest bis Mittag aus der Stadt sein. In einer Stunde ist Mittag."

„Fisher ist nur der Laufbursche von Buck. Er wird mir nichts tun.", sagte Eastackey überzeugt. „Das wird er sich sehr gut überlegen." Er trank den restlichen Schluck Kaffee und rauchte einen letzten Zug. „Ich muss gehen, Susanne."

„Schläfst du heute Nacht wieder hier?"

Verneinend schüttelte er den Kopf: „Sollte ich da noch leben, übernachte ich in Joe Bells Kneipe. Es ist besser für uns beide, wenn wir nicht unter einem Dach wohnen." Er nahm den Hut.

Im Freien empfing ihn eine schneidende Kälte. Die Vormittagssonne hatte keine Kraft.

Eine Handvoll Männer stiefelten über die Hauptstraße, kämpften gegen den Eiswind, umklammerten krampfhaft ihre Hüte.

Hinter ihnen trabte ein einsamer Reiter, zusammengesunken im Sattel, das Pferd ausgelaugt.

Nicht viel los an diesen Spätmorgen in der City. Irgendwie herrschte eine gedrückte Stimmung. Lag eine ungewisse Spannung in der Luft.

Gedankenverloren zündete sich Eastackey eine weitere Zigarette an und betrachtete das müde Treiben auf der Straße.

Und erneut musste er an Ellen Cortwigth denken. Sie ging ihm einfach nicht aus den Gedanken. Eine Kälte, die nicht von außen kam, schlich ihn sein Herz und ließ ihn schaudern. Ellen war verheiratet mit Roland Buck! Welch grausame Ironie des Schicksals.

Er blies den Rauch gegen den Wind und bekam den heißen Qualm in die Augen und er fluchte bitterböse. Ellen Buck nannte sie sich nun. Ellen Buck. Er flüsterte den Namen so oft, bis er sich in sein Innerstes eintätowierte. Vor Hilflosigkeit ballte er die Hände zu Fäusten.

Zur Hölle, wie konnte das geschehen? Warum tat ihm Ellen diesen Schmerz an? Er glaubte, der unerträgliche Hass zerreiße seine Brust und zerstörte seine Seele. „Oh, Ellen", klagte er laut. „Warum hast du mir das angetan? Gottverdammt!"

Er setzte den Hut ab und kämmte mit den gespreizten Fingern das schweißnasse Haar aus der Stirn. Die Schmerzen rumorten in dem kaputten Knie. Die Augen brannten. Allmählich kehrte Eastackey in die raue Wirklichkeit zurück. Er schleuderte die Zigarette durch die Luft und humpelte an fremden Menschen den Gehsteig hinunter. Er wusste nicht wohin. Er ging einfach in eine Richtung.

Aus einem Geschäft trat eine Frau, unter dem Arm ein vollbepackter Einkaufskorb.

Eastackey passte nicht auf und rempelte sie an.

„Mister!" rügte sie ihn empört.

Er entschuldigte sich geistesabwesend, wich zur Seite und wollte einfach weitergehen. Da traf es ihn wie ein Blitz aus heiterem Himmel. Die Vergangenheit holte ihn schlagartig ein und zehn Jahre schmolzen zu einer Sekunde. Bestürzt starrte er sie an.

Stolz und unnahbar, fremd und doch so vertraut. Vor ihm stand Ellen Cortwigth. Kein Zweifel bemächtigte seiner. „Ellen!" krächzte er und die Stimme drohte zu versagen. Wie betäubt hielt er sie eisern am zierlichen Handgelenk fest.

Distanziert blickte ihm die blonde Frau in das erregte Antlitz. „Lassen Sie augenblicklich meinen Arm los, Mister. Werden Sie ja nicht unverschämt!" Ellen Cortwigth schien tausend Mal schöner als einst als junges Mädchen. Eine erblühte Blume, unbeschreiblich faszinierend, schöner als er je geträumt hatte. Unergründliche seeblaue Augen, weichgeschwungene Lippen, exotische Wangen, makelloser Teint. Schulterlanges, goldglänzendes Haar. Sie hatte um den Hals eine Pelzstola gebunden, trug ein schlichtes dunkelgrünes Kostüm und hochhakige Stiefletten.

Aber Ellen erkannte ihn nicht.

Eindringlich beschwörte er sie und ließ ihre Hand nicht los: „Ellen, schau mich an und erinnere dich!" Er könnte heulen vor Wut und grenzenloser Enttäuschung.

„Sie irren sich, Mister", erwiderte sie kühl. „Ich kenne Sie nicht. Sie müssen mich verwechseln."

„Verdammt, ich verwechsle dich nicht. Du bist Ellen Cortwight oder nicht?"

„Natürlich, ich bin Ellen Buck!" Befremdet versuchte sie ihr Handgelenk aus seinen festen Griff zu befreien. Es gelang ihr nicht.

„Ellen Buck, ich glaube es einfach nicht", lachte er gehässig. Brutal zog er sie so nah an sich heran, dass sich ihre Gesichter beinahe berührten und er ihren warmen Atem spürte. „Sieh mich genau an, Ellen. Sieh mir in die Augen und sage mir wer ich bin."

Aufgebracht rief sie laut über ihre Schulter: „Lex und Ringo, ich brauche euere Hilfe. Dieser Mann belästigt mich."

Hinter ihren Rücken schoben sich zwei schwerbewaffnete Männer in schwarzen Anzügen aus dem Geschäft.

„Wer bedroht Sie, Ms. Buck?" erkundigte sich der Größere und schlug den Rocksaum zurück, um freien Zugriff zum Revolver zu haben. Verächtlich spuckte er einen Kaugummi aus.

Sein Partner hielt sich etwas im Hintergrund.

„Lex, schaffen Sie mir den Kerl vom Hals", befahl Ellen Buck. „Er macht mir Angst."

Lex Lukas umkreiste das Paar, trat dann in Eastackeys Rücken und legte ihm die Hand auf die Achsel. „Du hast es gehört, Stranger. Nimm deine Pfote von der Dame und mache eine Fliege."

In Eastackey staute sich ein gewaltiger Zorn auf. Und als ihn der Mann von hinten anfasste, explodierte er wie ein Pulverfass. Er stieß Ellen von sich weg, dass sie fast stürzte, schnellte katzengleich herum, zauberte dabei den Colt aus dem Halfter und feuerte dreimal.

Die Wucht der Einschläge hieb den Mann von den Beinen. Er starb, noch bevor sein Körper auf der gefrorenen Erde aufschlug.

Unmittelbar richtete Eastackey die rauchende Waffe auf den zweiten Revolvermann, der nicht eingegriffen hatte und nun friedlich den Hände hob. „Ich bin aus dem Spiel, Mister!"

Giftig zischte Eastackey: „Das ist auch gesünder für dich. Es sei denn, du möchtest deinem toten Freund Gesellschaft leisten."

„Nein danke, keine Interesse, Mister. Vielleicht ein andermal." Der Mann tippte an die Hutkrempe. „Tut mir leid für Sie, Miss Buck." Gelassen ging er davon.

Schneeweiß wurde Ellens Gesicht. Sie bemühte sich kühl zu bleiben. „Was wollen Sie von mir, Mister? Wer sind Sie?" fragte sie Eastackey.

Ratlos murmelte er: „Du musst doch wissen wer ich bin, Ellen. Hast du mich so schnell vergessen? Wir haben uns doch einmal geliebt."

Nun begann Ellen sein unrasiertes, narbiges Gesicht zu analysieren, suchte nach irgendwas, das sie glaubte vor langer Zeit verloren zu haben. Millimeter für Millimeter tasteten ihre Blicke ihn ab. Die grauen Augen, die Nase, die herben Lippen. Und wieder zurück zu den Augen.

„Es war eine wunderschöne Zeit damals. Du und ich...", sagte er in ihre Gedanken hinein.

„Billy!" stammelte sie ihn jäher Erkenntnis und senkte wie betäubt sekundenlang ihre Lider. Die Erinnerung wurde übermächtig, traf sie mitten ins Herz. Sie öffnete die Augen und starrte ihn an, als wäre er ein Geist aus dem Jenseits. „Billy, du lebst? Du bist zurückgekommen? Man hat dich schon seit Jahren für tot erklärt.- Mein Gott, wie viele Jahre sind vergangen. Und wie hast du dich verändert. Du siehst schrecklich aus. So böse und wütend, und dann wieder traurig und müde." Ellen redete abgehakt und schnell, als stände sie unter Schock.

Er nahm ihre eiskalten Hände in die seinen und sagte sanft: „Ellen-Ellen, hör mir zu. Sag mir, stimmt es, hast du Roland Buck geheiratet? Warum, um Gotteswillen, hast du dir und mir das angetan?"

Sie blickte ihn nicht an und flüsterte: „Ich kann dir das nicht erklären, Billy. Du wirst es nie verstehen."

Er lachte. Aber es klang nicht mehr böse. Eher resignierend. „Ich gebe dir recht, Ellen. Das werde ich nie verstehen. Wie sollte ich das auch begreifen. Mein einziges Mädchen ehelicht den Mann, der mir alles raubte, was mir je wichtig war. Der mir die Frau meines Lebens, meine Jugend und meine Freiheit nahm. Du heiratest den Mann, der mich zum Krüppel machte und mich zehn Jahre in die Hölle schickte.

Das geht nicht in mein Gehirn rein. Alles ist plötzlich so sinnlos geworden."

„Roland sagte mir, du lebst nicht mehr", sagte sie mit Tränen in den Augen.

„Und das hast du geglaubt?"

Über den hölzernen Gehsteig marschierte Clay T. Fisher auf die Beiden zu. In den Händen die Winchester. Er blieb vor ihnen stehen, lüftete den Hut vor der blassen Frau, schaute kurz auf den Toten, der ausgestreckt auf der Erde lag. Wie unabsichtlich zeigte die Gewehrmündung auf den hageren Eastackey. „Du hast schon wieder einen Bürger der Stadt erschossen, Tramp. Meine Geduld ist nun zu Ende. Ich habe dich gewarnt. Ich verhafte dich im Namen des Gesetzes und sperre dich in das Gefängnis. Und morgen wirst du hängen."

Leidenschaftslos erwiderte Bill Eastackey: „Übernimm dich nicht, Sheriff. Vielleicht gelingt dir der erste Schuss. Aber ich bin so schnell, ich nehme dich mit auf die große Reise. Versuche dein Glück. Denk daran, du hast nur eine Kugel."

Aus zusammengekniffenen Augen musterte Fisher den unnachgiebigen Widersacher, der furchtlos vor ihm stand und keinen Zentimeter zurückwich. Er wurde unsicher. War Eastackey tatsächlich noch in der Lage den Revolver zu ziehen und abzudrücken, auch wenn ihn die erste Kugel niederstreckte. Allerdings war Fisher klar im Vorteil. Er hielt die Winchester schussbereit in den Händen. Eastackey war ein toter Mann.

In dieser angespannten Atmosphäre stellte sich Ellen Cortwight zwischen die Kontrahenten und sagte hastig: „Sheriff, Mr. Eastackey handelte ihn Notwehr. Lex Lukas zog als erster."

Skeptisch zuckte Fishers Augenbraue. Er deutete mit dem Gewehrlauf auf den Leichnam: „Dann erklären Sie mit bitte, Miß Buck, wieso die Waffe im Halfter steckt, wo doch Lukas zuerst gezogen hat. Das erscheint mir sehr merkwürdig."

Beharrlich sagte Ellen: „Ich bin Zeugin der Auseinandersetzung. Ich gebe es zu Protokoll. Mr. Eastackey verteidigte sich nur. Oder bezweifeln Sie meine Aussage, Sheriff Fisher?"

„Soviel mir bekannt ist, arbeitete Lex Lukas für Ihren Mann. Er war verantwortlich für Ihre persönliche Sicherheit. Oder irre ich mich?" Fisher kratzte sich mit der Gewehrmündung das glattrasierte Kinn. „Nun gut, Miss Buck. Wenn Sie sagen es war Notwehr, dann werde ich das nicht in Frage stellen. Kommen Sie, gehen wir in mein Büro."

Er wandte sich noch einmal an Eastackey: „Mister, ab nun ist Jagdsaison. Rechne damit, dass ich dich zu jeder Zeit an jedem Ort in der Stadt abknalle."

Ein letzter trauriger Blick, dann folgte Ellen Cortwight dem vorauseilenden Sheriff.

Lange starrte ihnen Eastackey hinterher. Urplötzliche Niedergeschlagenheit und Hoffnungslosigkeit bemächtigte ihn.

Die nächsten Stunden verbrachte er damit, durch die Stadt zu streunen. Er wollte sich die Örtlichkeiten in das Gedächtnis rufen. Nebenbei besuchte mehre Spielhallen und probierte sein Glück als Pokerspieler. Er gewann ein paar Dollars. Später kam er auch am Golden Hill Palast vorbei. Die Gebäudefront war neu renoviert und ziegelrot gestrichen. Lauter Lärm schlug auf die Straße. Der Saloon schien gut frequentiert. Er zwang sich weiterzugehen. Manchmal glaubte er ein bekanntes Gesicht zu sehen, aber er war sich nie sicher. Auch wichen die meisten Bewohner vor ihm auf die andere Straßenseite aus. Er war nicht allzu sehr auf der Hut. Für Sheriff Fisher wäre es ein leichtes gewesen, ihn aus dem Hinterhalt niederzuschießen. Doch nichts geschah.

Am Spätnachmittag wärmte er sich bei Susanne Spider auf und aß eine Kleinigkeit. Die Unterhaltung schleppte sich zäh dahin. Beide wussten, morgen würde Eastackey möglicherweise nicht mehr leben. Er blieb nicht lange.

Draußen überlegte er, ob er in den Golden Hill Palast oder in Joe Bells ehemaligen Saloon gehen sollte. Er entschied für Joe Bells.

Einige Männer kannten Eastackey schon und bei seinem Eintritt stockte teilweise die Unterhaltung. Neugierige Augen taxierten ihn.

An der Bar bediente der junge Chico.

Irgendwer hatte Sägemehl über den Bretterboden gestreut, auf dem gestern der Revolvermann Cutter verblutete.

Ohne Schwung klimperte der Pianospieler auf den Tasten und eine halbnackte Tänzerin hüpfte lustlos auf der Bühne hin und her.

Eine seltsame Stimmung existierte im Saal. Die Gäste hingen die Köpfe zusammen und tuschelten untereinander.

Laut sagte Bill Eastackey zu dem erbleichten Barkeeper: „Ich brauche eine Unterkunft für eine Nacht. Ist das möglich?"

Der Junge nahm all seinen Mut zusammen und stotterte: „Es... es tut mir leid, Mister. Ich habe kein freies Zimmer mehr. Sämtliche Betten sind belegt."

Eastackey lächelte unlustig: „Hör zu, Chico. Ich glaube du lügst mich an. Du gibst mir nun den Schlüssel für irgendein Quartier oder ich werde sehr ungemütlich."

Aus Joe Bells Büro erschien ein spindeldürrer Mann mit einer hervorstechenden Adlernase. Er stellte sich neben den nervösen Chico und sagte: „Das geht schon in Ordnung, Junge. Gib Mister Eastackey Zimmer 12 auf der ersten Etage." Er stellte sich vor: „Ich bin Bruce Hollister. Der neue Besitzer dieses Saloons. Willkommen im Crazy Horse."

„Schöner Name", sagte Eastackey und nahm den ausgehändigten Zimmerschlüssel. „He, Little Chico. Ich könnte einen Whisky gegen die Kälte vertragen."

„Der Trink geht auf Kosten des Hauses", sagte Hollister und zog sich in das Büro zurück.

Bill Eastackey probierte einen Schluck und wartete und wusste nicht worauf.

Die Eingangstür pendelte auseinander und drei Männer in langen Wintermänteln stiefelten nacheinander in den Saal. Sie blickten sich um, fixierten den bärtigen Besucher an der Theke und steuerten auf ihn zu.

Eastackey erkannte sie in einem Atemzug. Drei Männer, drei ehemalige Freunde. Audie Long, Tom Over und Max Brand. Einst ritten sie Sattel an Sattel mit ihm, einst waren sie verschworene Freunde. Teilten Freud und Leid zusammen. Erlebten harte Tage als Cowboys auf der Silver Ranch. Sie hielten zusammen wie Pech und Schwefel. Bis zu dem Tag, als sie im Gerichtssaal eine Allianz mit dem Teufel eingingen und Eastackey falsch beschuldigten. Sie verloren ihre Ehre und ihr Gewissen.

Jetzt standen sie vor ihm. Etwas verlegen, zehn Jahre älter, ein erzwungenes Lächeln auf den Lippen.

„Hallo, Billy", grüßte der hochgewachsene Audie Long und reichte ihm die Hand. „Lange nicht gesehen. Wir erfuhren erst heute von deiner Ankunft, sonst wären wir schon früher gekommen. Wie geht es dir?"

„Hallo, Billy", sagte Max Brand.

„Es ist schön dich zu sehen", log Tom Over.

Geflissentlich übersah Eastackey die ausgestreckte Hand von Long. Sein Gesicht blieb völlig ausdruckslos. Ruhig sagte er: „Tag, Freunde. Schickt Euch Roland Buck? Seit Ihr seine Vorhut?"

„Was willst du hier, Billy? Warum bist du nach Denver zurückgekehrt?" fragte Tom Over direkt und knöpfte seinen Mantel auf und schob ihn hinter den Revolvergurt. Auch die anderen taten es ihm nach.

Süffisant sagte Eastackey: „Was habt ihr vor, Jungs. Wollt ihr mich erschießen? Ihr seid doch früher schon langsam wie die Schnecken mit der Kanone gewesen. Hat sich das geändert?"

„Was willst du hier in Denver?" wiederholte Over.

„Was ich hier will? Du scherzt wohl, Freund Tom!" Eastackeys Miene verhärtete sich: „Habt ihr vergessen, was ich Euch vor zehn Jahren prophezeit habe? Wenn es eine Gerechtigkeit gibt, dann komme ich wieder. Nun bin ich da!"

„Willst du dich an uns rächen? Willst du uns töten?" Max Brandts Stimme klang nervös und unsicher. Er hatte sich von den drei Freunden am meisten verändert. Das schüttere Silberhaar glänzte ölig und ungepflegt. Das aufgeschwemmte Gesicht besaß einen gelben, krankhaften Teint und der Körper wirkte massig und plump. „Ich...ich bin verheiratet...und habe zwei Kinder."

Frostig sagte Eastackey: „Du bist ein dickes Schwein geworden. Von Euch Judasse bist du der feigste und schleimigste, Max Brand."

„Mein Gott, Billy, ich wollte dir damals helfen. Ich..." Brand blieben die Worte im Hals stecken. Er hatte Angst. Er hatte hundsgemeine, fürchterliche Angst.

„Aber du hast mir nicht geholfen", konterte Eastackey. „Du nicht - Audie nicht und auch Tom nicht. Niemand half mir. Alle habt ihr Euch weggedreht. Und nicht genug damit. Ihr gehört zu den zwölf Geschworenen, die das Urteil fällten, mich nach Yuma zu verfrachten. Was seid ihr nur für mistige Ratten."

Heftig verteidigte sich Audie Long. „So kannst du mit uns nicht reden, Billy. Es tut uns leid, was damals geschehen ist. Aber wir können es nicht mehr rückgängig machen. Was hätten wir tun sollen? Wir konnten dir nicht helfen. Sieh das doch ein. Roland Buck und seine Kumpels hätten uns in Stücke geschossen. Es gab keine Chance um dir beizustehen.- Es ist nicht gut, dass du nach Denver gekommen bist."

„Das glaube ich dir, Audie", höhnte Eastackey. „Ihr habt mich abgeschrieben und euer Gewissen beruhigt. Und jetzt bin ich wieder da und erwecke euere unselige Vergangenheit."

„Du kannst uns nicht verantwortlich machen, für das was einmal passierte und an dem du letztendlich selbst die Schuld trägst. Du hättest einfach vergessen sollen, Billy."

„Du bist doch krank im Hirn, Audie. Vergessen soll ich? Zehn Jahre, zehn lange, unschuldige Jahre...?"

„Es tut mir leid..."

„Es tut mir leid, es tut mir leid", äffte Eastackey wild und seine Augen flackerten hektisch. „Ist das alles, was du zu sagen hast? Ist das deine Rechtfertigung? Glaubst du, damit wäre alles erledigt? Damit vergesse ich den Meineid, den meine Freunde schwören, weil sie sich vor Buck in die Hosen machten, vergesse die endlosen Jahre der Zwangsarbeit, der Unterjochung und der täglichen Demütigungen? Ich war zehn Jahre in der Hölle, Freund Long. Wie sollte ich das je vergessen können?"

Und der schwarzhaarige Audie Long glotzte betreten zur Seite und schwieg.

Tom Over und auch Max Brand schwiegen.

Nach einer Weile brach Long die beklemmende Stille. Dabei knetete er mechanisch die steifen Finger. „Vielleicht hast du recht, Billy. Eigentlich bin ich froh, dass du gekommen bist. Mir war immer klar, irgendwann wirst du bei uns auftauchen und deine Rache fordern. Zehn Jahre marterte mich die Frage, warum ich dir nicht geholfen habe. Ich weiß, ich hätte eingreifen müssen. Ich trug einen Colt an der Hüfte und hatte zwei gesunde Hände. Ich hätte das Eisen ziehen und einfach losschießen müssen. Doch ich war feige. Die Arme waren wie gelähmt und der Colt blieb im Halfter. Der Freund windete sich am Boden und ich rührte keinen Finger."

Mitleidlos blickte Eastackey ihn an. „Was für eine rührselige Geschichte, Audie Long. Soll ich weinen? Soll ich dir verzeihen? Nein! Du hast mich verraten und verkauft. Es gibt für Euch keine Ausflüchte. Ihr habt nur eine Wahl. Nehmt Euere Schießeisen geht hinaus zu Roland Buck und tötet ihn. Tut Euch selbst einen Gefallen. Richtet die Colts auf Buck und drückt ab, wenn ihr den Mut dazu habt."

„Was führst du im Schilde, Billy?" keuchte Long und legte die Hand auf den Revolvergriff.

„Mach schon, zieh die Knarre und für dich ist alles vorbei. Vorbei deine Träume, vorbei deine Not."

„Du bist ein Satan!" Longs heulende Stimme überschlug sich. „Du bist schlimmer als Buck und Sulfast. Du willst mich töten? Also tue es!" Er riss den Revolver heraus, lachte irre, ein gespenstisches Leuchten in den erweiterten Pupillen.

„Idiot", sagte Eastackey und der Colt sprang in seine Hand und entlud sich krachend.

Audie Long zuckte zusammen, taumelte, ein unkontrollierter Schuss löste sich aus seiner Waffe und die Kugel verfehlte Eastackeys und zersplitterte eine Whiskyflasche im Wandregal.

Noch einmal feuerte Eastackey und Audie Long starb mit einem Fluch auf den Lippen. Hart prallte sein Körper auf die Holzplanken.

„Was ist mit dir, Tom Over?" fragte Eastackey und der Arm mit dem Colt baumelte entspannt an der Hüftseite. Er musterte die beiden bleichen Männer. „Oder mit dir, Max Brand? Für Audie ist es zu Ende, für immer vorbei. Und für Euch...?"

„Ich bin verheiratet", würgte Brand furchtsam hervor und bibberte am ganzen Leib.

„Ich weiß", sagte Eastackey. „Ich werde deine Frau zur Witwe machen und deine Kinder zu Halbwaisen. Gnadenlos richtete er den Colt auf Brand.

„Das... das kannst du nicht tun, Billy. Das wäre Mord!"

„Dann greif dir deine Bleispritze, Fettwanst. Und beweise, dass du ein ganzer Kerl bist. Zeig endlich Courage."

Gehetzt heischten Brands Blicke hilfebettelnd im Kreis. „Er wird mich umbringen. Ihr müsst mir helfen. Das ist Euere Pflicht. Ihr könnt doch nicht tatenlos zuschauen, wie er mich abknallt. Der Mann ist wahnsinnig. Haltet ihn auf!"

Eastackey spannte den Revolverhahn und sagte kühl: „Niemand wird dir helfen, Max Brand. Du bist ganz allein auf der Welt. Nur du und ich." Der Daumen ließ den Hahn los und der Colt detonierte.

Schreckensbleich tastete Brand nach seinem Ohr, an dem die Kugel das Läppchen weggerissen hatte und nun Blut heraustropfte. Konfuse Panik bemächtigte seiner. Er kreischte: „Er tötet mich wirklich. Dieser Killer will mich umbringen." Wild packte er Over an der Schulter. „Tom, mein Freund, stehe mir bei! Dieser Teufel wird uns alle vernichten!"

Aber Tom Over stand bewegungslos wie eine Marmorstatue. Nur in seinem Gesicht arbeitete es. ‚Wenn er mit Max fertig ist, bin ich an der Reihe', dachte er. ‚Er will seine Rache und niemand kann ihn stoppen. Mit Joe Bells fing er an, der nächste war Audie, jetzt folgt Max und danach ich...'

Freudlos lächelte Eastackey: „Tom wird dir nicht beistehen, Max." Kaltblütig schoss er Brand das andere Ohrläppchen ab. „Los, Max, wehre dich deiner Haut."

Unwillkürlich wich Brand einige Schritte zurück. „Das tue ich nicht. Ich werde nicht zur Waffe greifen."

Eastackey stieß eine leere Patronenhülse aus der Revolverkammer, langte zum Gurt, zog eine Kugel aus der Schlaufe und schob sie in die Trommel. „Dir bleiben noch drei Sekunden, Max, nütze deine Chance. Du stirbst so oder so. Verteidige dich besser und stirb wie ein Mann." Die Trommel rotierte wieder und warf eine weitere Hülse aus und Eastackeys Finger glitten erneut zum Gürtel.

Wie gebannt stierte Brand mit rotunterlaufenen Mäuseaugen auf Eastackey. Er war auf einmal voll konzentriert. Ihm war bewusst geworden, er war unweigerlich tot, wenn er nichts dagegen tat. Die Furcht war wie weggeblasen, die Gedanken nüchtern und abwägend.

Unentwegt beobachtete er, wie Eastackey die Patrone zum Colt führte.

„Jetzt!" triumphierte er und zog seinen Revolver.

Die Patrone schlüpfte in die Trommel. Blitzartig klappte Eastackey die Abdeckung zu und krümmte den Zeigefinger um den Abzug.

Max Brand kam nicht mehr zum Schießen. Das Bleiprojektil bohrte sich in seine Stirn und blieb im Hinterkopf stecken. Er konnte nicht schreien und nichts mehr fühlen. In Sekundenschnelle besiegte ihn der Tod.

Und urplötzlich beschlich Bill Eastackey das unangenehme Gefühl, er beschritt einen falschen Weg, irgendetwas stimmte nicht bei seinem Rachefeldzug. Aber nur ganz kurz glimmte der Gedanke in ihm und verflüchtigte sich so schnell wie er gekommen war. Dann beherrschte ihn der Hass wieder und verdrängte jeden Anfall von Zweifel.

Tom Over glaubte die Situation ausnützen zu können, schnappte sich einen Barhocker und schleuderte ihn auf Eastackey.

Der konnte nur noch halb ausweichen und der Stuhl erwischte ihn schmerzhaft am Hüftgelenk und ließ ihn straucheln.

Aus Overs Kehle drang ein befreiendes Lachen und seine Waffe krachte.

Der Hut flatterte von Eastackeys Haupt und aus der Streifschusswunde über der Kopfhaut sickerte Blut und lief ihm in die Augen.

Siegestrunken lachte Over weiter und schoss erneut. Die Kugel biss einen Stofffetzen aus Eastackeys Jeans. Dessen steifer Fuß verharkte sich in den Stuhlbeinen. Er verlor das Gleichgewicht und fiel unsanft auf den Rücken. Doch er ließ den Revolver nicht aus.

Mit einem Tritt beförderte Over den Barhocker aus dem Weg, stellte sich breitbeinig über Eastackey und visierte dessen Kopf an. „Ich werde Roland die schmutzige Arbeit abnehmen. Fahr zum Teufel, Bill!"

„Nach dir, Tom", fauchte Eastackey und sein Colt spuckte den Tod aus.

Sie schossen fast gleichzeitig. Aber Over verfehlte das Ziel. Er stand kerzengerade und die Lippen behielten ihr Lächeln und aus der Revolvermündung kringelte feiner Rauch. Dann begann Over zu wanken, das Lächeln erkaltete, die Augen verloren den Glanz und der Blutfleck über der Brust vergrößerte sich. Aussichtslos der Versuch sich auf den Beinen zu halten. Er kippte nach vorne und klatschte auf das Gesicht.

Umständlich raffte sich Eastackey hoch. Er staubte mit dem Hut die dreckigen Sägespäne aus der Hose und wischte sich mit dem Ärmel das Blut von der Stirn.

Da lagen sie nun vor seinen Füßen. Drei Tote. Drei ehemalige Freunde. Erschossen von ihm, Bill Eastackey. Barbarisch hingerichtet. Die Chancen, die er ihnen gab, waren keine Chancen. Eigentlich war er genauso grausam und gewalttätig wie Roland Buck oder Bert Sulfast und daher kein Deut besser. Er war zum emotionslosen Killer mutiert. Der Weg, auf dem er schritt, führte ihn schnurstracks in die Hölle zurück, von der er glaubte, er hatte sie verlassen.

Totenähnliche Stille im Saloon. Niemand wagte zu sprechen oder aufzustehen. Die Gäste hielten den Atem an. Ein Wolf war nach Denver gekommen. Ein hungriger, bissiger Wolf, der seine Gegner rücksichtslos tötete.

Eastackey fühlte keinerlei Befriedigung. Lediglich ein schaler Geschmack im Mund. Er trank sein Glas leer. Aber das Unbehagen blieb.

Rau sagte er: „Ich gehe auf das Zimmer. Wenn irgendjemand nach mir fragt, sag ihm nur, wo ich bin. Oder rufe mich."

Müde humpelte er zu den Treppen, die zu der oberen Etagenflucht führten und stieg hinauf.

Seine Kammer befand sich am hinteren Ende des schmalen Korridors.

Im ungeheizten Raum war es unangenehm kühl. Zur Vorsicht keilte er die Stuhllehne unter die Türklinke. In einer Waschschüssel wusch er sich das Blut aus dem Haar und dem Gesicht. Danach legte sich angezogen auf das Bett.

Wach und mit dem Revolver in der Hand wartete er.

***

Irgendwie war er doch eingenickt. Ein Klopfen am Eingang weckte ihn. Wie lange er geschlafen hatte, wusste er nicht. Vielleicht nur ein paar Minuten. Der Raum lag im Halbdunkel. Er nahm den entfallenen Colt und zielte auf die Tür. „Wer ist da?" fragte er hellwach.

„Ich bin es, Ellen", sagte eine leise Stimme vor dem Zimmer. „Bitte lass mich rein, Billy!"

Hastig sprang er zu Tür und rückte den Stuhl beiseite und öffnete.

Im Flur stand Ellen Cortwigth. Sie weinte und fiel in seine Arme.

„Was ist passiert?"

Sie wandte ihm ihr tränenersticktes Gesicht zu und trotz des Zwielichtes erkannte er ihre blaugeschlagenen Augen, die geschwollenen Lippen, die Platzwunde an der Schläfe.

„Wer hat das getan, Ellen? Wer hat dich so zugerichtet? Roland Buck?"

Schluchzend nickte sie. Sprechen konnte sie nicht. Er hielt sie in den Armen und sie zitterte wie Espenlaub.

Er stemmte ihren federleichten Körper hoch und trug sie auf das Bettgestell.

„Ellen", flüsterte er zärtlich und seine Lippen berührten ganz sanft die Ihren, bemüht ihr ja nicht wehzutun.

„Ich bin nicht aus Glas", lächelte Ellen unter Tränen und schlang die Arme um seinen Nacken. Sein Herz schlug ihm vor Aufregung bis zum Hals. Er küsste ihr die Tränen fort. Alle seine Träume, alle seine Wünsche wurden wahr. Ellen war bei ihm und er konnte sie berühren und den Duft ihrer Haut einatmen. Ellen gab sich weich und anschmiegsam, so voller Liebe und Vertrautheit, als wären beide nie Jahre getrennt gewesen. Als sich ihre hitzigen Körper vereinigten, wurde ihm schwindlig vor Glück.

Nachdem sie sich innigstes geliebt hatten, schlief er in Ellens Armen kurz ein.

Irgendein seltsames Geräusch weckte ihn abrupt.

Stockdunkle Nacht umgab ihn. Dicht neben ihm atmete Ellen ruhig und gleichmäßig.

Vorsichtig holte er den Revolver unter den Kopfkissen hervor und lauschte angestrengt. Allmählich gewöhnten sich die Augen an die Dunkelheit. Der kühle Revolvergriff besänftigte die Nerven. Dann glaubte er zu wissen, was ihn aus dem Schlaf holte. Durch das offene Fenster blies der frische Nachtwind und bauschte die Gardinen auf. Irgendwer war in das Zimmer eingestiegen.

„Rühre dich nicht, Eastackey", befahl eine hohle Stimme aus der Finsternis. „Schmeiße dein Eisen weg. Ich habe dich im Visier!"

Erschreckt fuhr Ellen hoch. Eastackey legte ihr beruhigend die Hand auf den Mund, deutete ihr an still liegenzubleiben.

„Wer bist du?" fragte er den Unbekannten und versuchte Zeit zu gewinnen. Er starrte durch die Schwärze des Raumes. Unklar erhoben sich die Umrisse des Tisches, des Kleiderkasten und das dreibeinige Waschschüsselgestell. Aber er konnte nicht den Eindringling orten.

Der Mann im Hintergrund lachte: „Mein Name wird dir nichts sagen. Ich bin Ringo Camp. Du hast meinen Kumpel abgeknallt, als er die Schlampe, die jetzt bei dir im Bett liegt, beschützen wollte. Ich soll dir herzliche Grüße von Roland Buck ausrichten."

„Warum hast du nicht geschossen, als ich pennte?" erkundigte sich Eastackey und sein Daumen bog den Hammer des Colts zurück. Es knackte leise, aber für seine Ohren viel zu laut.

Doch Ringo schien es nicht vernommen zu haben. Er plauderte weiter: „Ich bin kein Mörder. Bei mir bekommt jeder Mann seine Chance. Auch du. Jetzt lasse die Hure aufstehen. Ich will sie nicht aus Versehen erschießen. Buck würde mich dafür hängen."

„Sehr fair von dir Ringo", lobte Eastackey ironisch. Er flüsterte Ellen zu, die Liege zu verlassen, doch sie weigerte sich stur. Derweil glaubte er zu wissen, wo sich der Gegner versteckt hielt. Nämlich im Schatten des Kleiderschrankes.

„Du kannst deinen Schießprügel wegwerfen oder ihn hernehmen", sagte Camp lapidar. „Aber überlege nicht zu lange."

„Okay, Ringo", murmelte Eastackey und tat zwei Dinge gleichzeitig. Er stieß Ellen von der Matratze und rollte sich über die andere Bettseite hinunter.

Vom Schrank her blitzte ein Schuss und die Kugel zerfledderte das Kopfkissen.

Nackt landete Eastackey auf dem Rücken und feuerte in das Mündungslicht hinein. Ein schmerzhafter Schrei antwortete ihm. Er schoss noch einmal.

Ringo torkelte aus dem bergenden Schatten, beide Hände gegen den Bauch gepresst und zwischen den Fingern quellte das Blut. Eastackey schoss ihm in den Kopf. Der tödlich Getroffene rumpelte gegen den Schrank und rutschte langsam ab.

„Wieder so ein gottverdammter Idiot", fluchte Eastackey und kleidete sich an, nebenbei lud er den Colt nach. „der für Roland Buck stirbt."

Er ging zu Ellen und half ihr beim Aufstehen. „Zieh dich an, Liebling. Wir müssen von hier verschwinden. Ich muss dich erst in Sicherheit bringen, bevor ich Buck besuche."

Er band sich den Revolvergürtel um und schlüpfte in die Lederjacke, während Ellen das Kostüm anlegte.

Sie gingen zum Zimmerausgang. Er entfernte den Stuhl unter der Klinke und machte die Tür auf.

„Gute Nacht, Billy Eastackey", begrüßte ihn der schwarzgekleidete Mann vor der Türschwelle.

Eastackey gefror zur Salzsäule.

Und in diesen Moment vereinigten sich Vergangenheit und Gegenwart, verschmolzen zehn Jahre zu einer Sekunde. Vor ihm stand Bert Sulfast. Die Winchester im Anschlag und dasselbe diabolische Grinsen um die Mundwinkel wie einst. Sulfast, noch kleiner, noch untersetzter geworden, das widerliche Gesicht einer satten Ratte, zwischen den wulstigen Lippen ein erloschener Zigarrenstumpen.

Der überraschte Bill Eastackey bekam die Waffe nicht mehr hoch.

Hinter ihm schrie Ellen.

Der stählerne Winchesterlauf erwischte Eastackey an der Wange und er stolperte in das Zimmer zurück.

Frenetisch lachte Sulfast, ohne das ihm die Zigarre aus dem Mund fiel. Die kleinen Augen starrten tückisch auf Eastackey, dessen Wangenhaut stark blutete. Er schüttelte den Kopf: „Du bist ein Narr, Billy. Du überlebst tatsächlich zehn Jahre Yuma und was tust du? Du kommst nach Denver zurück. Nur ein Verrückter bringt das fertig. Du wirst deinen Fehler nicht mehr gut machen können. Was Yuma nicht schaffte, werde ich zu Ende bringen."

Abermals schlug er mit der Gewehrmündung zu und Eastackey stürzte benommen auf das Bettlaken.

Kreischend warf sich Ellen dazwischen. Mitleidlos versetzte ihr Sulfast einen Kopfstoß und sie prallte gegen die Wand.

Stöhnend wälzte sich Eastackey auf dem Leinentuch. Der nächste Hieb traf ihn im Nacken und lähmte ihn. Vor den Augen flimmerte alles und er konnte nichts mehr sehen. Sulfast schleifte ihn an den Haaren über den Boden, attackierte ihn mit brutalen Fußtritten.

Verzweifelt krabbelte Ellen um den Kleiderkasten und tastete im Dunkeln nach dem Revolver des toten Ringo Camp, der irgendwo liegen musste.

„Du erbärmlicher Loser", keifte Sulfast über Eastackey gebeugt. „Nun beendige ich mit Freude dein minderwertiges Leben."

Eastackey lag auf dem Bauch und hörte wie Sulfast die Winchester repetierte. Er spürte dessen Schatten über ihm. Hilflos dachte er: ‚Alles vorbei, alles umsonst. Du hast elend versagt, Bill Eastackey.'

Da ertönte vom Schrank her die zitternde Stimme von Ellen: „Sulfast, wirf deine Waffe weg. Sofort, oder ich schieße!"

„Ich denke nicht daran!", fauchte Sulfast und wirbelte auf dem Stiefelabsatz herum.

Ein Schuss krachte und fegte ihm den Hut vom Kopf. Die Zigarre kippte ihn aus den Lippen.

„Verdammtes Weib!", zischte er durch die gelben Zähne und drückte die Winchester ab.

Getroffen schrie Ellen auf. „Billy", wimmelte sie und das Blut sprudelte unaufhörlich aus der klaffenden Wunde unterhalb des Halsansatzes. „Billy... hilf mir!"

„Ellen!!!" Eastackey wusste nicht, dass er es war, der ihren Namen hinaus brüllte. Rasend vor Zorn sprang er hoch und hechtete auf Sulfast zu.

Der erahnte die herannahende Gefahr, drehte sich um die eigene Achse, lud blitzschnell das Gewehr durch und wollte schießen.

Doch da war Eastackey schon bei ihm, rammte ihm beide Fäuste in die Magengrube, stieß ihm das Knie in den Unterleib. Aus der Winchester löste sich ein Schuss, der wirkungslos in der Decke einschlug und den Mörtel regnen ließ.

Wütend musste Sulfast die Waffe auslassen, versuchte den Schlägen auszuweichen, rutschte um ein Haar aus. Dabei wollte er auch noch den Colt aus dem Halfter reißen.

Eastackey bückte sich nach der fallengelassenen Winchester und bekam sie an den Laufenden zu fassen.

Fast eine Sekunde benötigte Sulfast um den Revolver hochzubringen. Schon begann er zu frohlocken.

Wuchtig schmetterte ihm Eastackey den Gewehrkolben in das feixende Rattengesicht. Es knirschte grässlich, als Nasenbein und Kiefer zerbarsten und das Blut spritzte.

Wie ein verwundetes Tier kroch Sulfast durch den Raum. Verfolgt von dem blindwütigen Bill Eastackey, der ihn unbarmherzig das Leben aus dem Körper prügelte. Dann war die Wand da und Sulfast konnte nicht mehr fliehen. Schützend hielt er sich die blutverschmierten Hände vor das zerschlagene Gesicht. Doch es war sinnlos.

„Zehn Jahre Hölle!", plärrte Eastackey außer Kontrolle und trommelte die Winchester gegen Sulfast Schädel. Immer und immer wieder. Er nagelte ihn buchstäblich fest. „Zehn Jahre Hölle! Das ist die Abrechnung, Bert Sulfast!"

Er schlug und schlug.

Irgendwann hörte Eastackey zu schlagen auf. Bert Sulfast lebte seit einer Ewigkeit nicht mehr. Er badete in einer riesigen Blutpfütze. Das verstümmelte Angesicht zeigte keinerlei Ähnlichkeit mit einem Menschen. Das war nur noch ein bluttriefendes, rohes Stück Fleisch.

Unmerklich erwachte Eastackey aus dem schrecklichen Blutrausch. Er zitterte am ganzen Körper und atmete tief und schwer. Die klammen Finger öffneten sich und die Waffe, an deren Holzgriff blutige

Hautfetzen klebten, polterte auf den Bretterboden. Abscheu stieg in ihm hoch. Ekel gegen sich selbst. Alle Regungen in ihm waren abgestorben. Bert Sulfast war tot und er fühlte keine Freude. Nur Leere und Bitterkeit in ihm. Minutenlang starrte er auf den Erschlagenen.

„Billy", schwebte eine schwache Stimme zu ihm und er zuckte zusammen. Besorgt blickte er um sich.

Ellen hockte mit aufgerichtetem Oberkörper neben dem Kleiderkasten. Sie reckte die Arme nach Eastackey.

Er eilte zu ihr, kniete nieder und bettete ihren Kopf in seinen Schoß. Sie krallte die Fingernägel in seinen Oberarm. In ihren großen Augen spiegelte sich der nahe Abschied. Betroffen musste er erkennen, es war zu spät um ihr noch zu helfen. Trotzdem zerrte er sein Halstuch herunter und stopfte es in das Loch an der Kehle, um den Blutschwall zu stoppen. Unbeholfen streichelte er über ihr seidiges Haar. Selbst jetzt im Angesicht des Todes war sie unsagbar schön. „Du darfst nicht sterben, Ellen. Hörst du, verlasse mich nicht", flüsterte er. Und wusste doch, er wird sie für immer verlieren. Obwohl er sie gerade gefunden hatte.

„Verzeih mir, Billy. Verzeih was ich dir angetan habe. Nie wollte ich dir wehtun. Ich habe nur dich geliebt." Er hielt sein Ohr ganz nah an ihre Lippen, um sie zu verstehen.

„Sei still, Liebes. Rede nicht soviel. Du sollst dich nicht entschuldigen. Niemand hat Schuld. Es ist die Zeit. Die lange, gottverdammte Zeit..."

Ellen verstand ihn nicht, flüsterte gebrochen weiter: „Ich wollte Buck nicht heiraten. Nachdem sie dich nach Yuma brachten, bedrängte er mich vehement. Er wollte mich besitzen. Ich wies ihn ab. Ich hasste ihn für das was er dir angetan hatte. Eines Tages entführte er mich und vergewaltigte mich. Mir blieb keine Wahl. Ich musste ihn heiraten, sonst hätte er mich erschlagen. Ich war...doch noch so jung. Ich wollte nicht sterben, ich wollte nur leben, einfach leben..."

„Du wirst leben, Ellen", sagte er hoffnungsarm und fühlte den unerträglichen Schmerz in seinem Herzen. „Wir werden Denver verlassen und irgendwo neu beginnen. Du wirst am Leben bleiben."

Ihre Finger gruben sich tief in seinen Oberarm. Aber es tat nicht weh. „Versprich mir etwas, Billy", flehte sie.

„Ich verspreche dir alles, was du dir wünschst."

„Versprich mir, dass du Roland Buck tötest." Sie redete hastiger, schien zu wissen, ihr verblieb nicht mehr viel Zeit. „Er hat soviel Schmerz und Leid über uns gebracht. Kein Mensch verdient den Tod so wie er. Er hat unsere Leben zerstört...". Unwillkürlich bäumte Ellen sich auf, das kalkweiße Gesicht wurde zur Totenmaske, aus dem Munde rann ein dünner Blutfaden und die Augen durchbohrten ihn, als wäre er aus Glas. Dann schrumpfte ihr Körper zusammen, die Hand glitt kraftlos von seinem Arm und der Kopf knickte zur Seite. Ellen Cortwigth lebte nicht mehr. Behutsam drückte er ihre Augenlider zu, tupfte das Blut aus ihrem wunderschönen Gesicht. Dann hielt er sie so fest umschlungen, als wollte er sie nie wieder loslassen und küsste sie.

Leise sagte er und es machte nichts aus, dass sie ihn nicht mehr hören konnte: „Ich verspreche dir, Ellen. Ich werde ihn töten. Er wird büßen für alles was er uns angetan hat. Er wird dir nie wieder Schmerzen zufügen. Jetzt bin ich für immer bei dir." Lange wiegte er den stillen Leichnam in den Armen und trauerte. Und in ihm keimte der Hass und die Verbitterung, wuchs und wuchs und steigerte sich ins Unermessliche.

Behutsam, als wäre ihr Körper zerbrechlich, hob er ihn hoch und trug ihn wie ein schlafendes Kind.

Er ging aus dem Raum, in dem zwei Tote zurückblieben und hinkte mit seiner Last durch den unbeleuchteten Korridor zum Treppenabgang.

Es war weit nach Mitternacht und im Saloon tummelten sich nur noch eine Handvoll Gäste. An den meisten Tischen waren bereits die Stühle hochgestellt. Die Bühne lag im Dunklen.

Als Eastackey mit der toten Frau im Arm am Treppengeländer auftauchte, verstummte das restliche Gemurmel und die letzen Besucher gafften nach oben. Sie hatten die Schüsse und die Schreie gehört und sie glaubten zu wissen, was passiert war.

Schritt für Schritt stiefelte Bill Eastackey die Stiegen hinunter. Er hinkte an die Theke und bahrte die Tote auf den Ladentisch, schob Flaschen und Gläser über den Rand, die am Boden zerschellten.

„Bringe eine Decke, Junge", befahl er dem furchtsamen Barkeeper. „Und niemand rührt sie an. Wer es tut, dem jage ich eine Kugel in den Schädel."

Der Junge brachte aus einem Hinterzimmer eine verschlissene Wolldecke und Eastackey wickelte darin Ellen ein.

Im Wandspiegel über dem Flaschenregal bemerkte er einen kleinen Mann, der sich zum Ausgang schmuggeln wollte.

„Stop, Amigo, keiner verlässt den Raum", sagte er laut, ohne sich umzudrehen.

Der Gast bremste, als wäre er gegen ein unwahrnehmbares Hindernis gerannt. „Es ist spät. Ich will nur nach Hause, Mister."

„Wolltest du vielleicht Roland Buck informieren?" fragte Eastackey in den Spiegel hinein.

„Nein, nein. Ich bin lediglich müde. Meine Frau erwartet mich. Ich muss heim."

Unbeeindruckt sagte Eastackey: „Setze dich auf deinen Hintern und rühre dich nicht. Niemand geht nach Hause. Wer werden alle auf Roland Buck warten. Ich bin sicher, er kommt."

Die Schwingtür klappte auseinander und Clay T. Fisher stürmte mit gezückter Winchester in den Saal, schnurgerade auf die Theke zu.

„Du verdammter Bastard, du hast vor Stunden wieder drei Männer niedergestreckt und nun wurden mir abermals Schüsse gemeldet. Wen hast du diesmal unter die Erde gebracht? Und wer liegt darunter? Noch einer, den du killtest? " Er wollte die Stoffdecke lüften und einen Blick darunter werfen, als ihm Eastackey die Revolvermündung in den Bauch drückte: „Rühr sie nicht an, Fisher. Das ist Ellen Cortwigth. Bert Sulfast hat sie umgebracht."

„Okay, rege dich ab, Eastackey. Ich werde sie nicht anfassen. Wo ist Sulfast?"

„Er ist tot. Genau so wie Ringo Camp. Du findest die beiden oben im Zimmer. Sieh dir besonders Sulfast genau an und dann überlege dir, ob du dich mir in den Weg stellen willst."

Verärgert sah ihn Fisher an und wendete sich der Treppe zu.

Gleichgültig beobachtete Eastackey, wie er auf dem Etagengang verschwand. Nach kurzer Zeit erschien Fisher wieder und seine Gesichtsfarbe war ungewöhnlich grün.

Eastackey richtete den Revolver auf ihn.

Langsam kam Fisher über die Stiege.

„Du bist eine Bestie, Eastackey. Ich musste kotzen, als ich Sulfast entdeckte. Sein Gesicht sieht aus, als wäre es durch den Fleischwolf gedrechselt worden. Noch nie habe ich einen dermaßen entstellten Menschen gesehen. Man sollte dich dafür abknallen wie einen tollwütigen Hund."

„Versuche es, Großmaul", reizte ihn Eastackey. „Bert Sulfast war ein Verbrecher. Jeder weiß das. Er erhielt die gerechte Strafe. Du solltest mir dankbar sein."

„Aber du hattest kein Recht ihn derartig zu verstümmeln."

„Er hat keine Schmerzen mehr. Er ist tot und das ist gut so."

„Buck wird dich vierteilen", drohte der Sheriff. „Und ich werde ihn nicht daran hindern."

„Roland Buck ist dein Freund, was? Bezahlt er dich gut?"

Mit dem Gewehrlauf tippte Fisher gegen Eastackeys Brust: „Damit wir etwas klarstellen. Ich bin der Sheriff dieser Stadt und werde von den Bürgern dafür bezahlt. Ich sorge für Gesetz und Ordnung und niemand kann mich kaufen. Auch Roland Buck nicht."

Verächtlich lachte Eastackey: „Wer es glaubt wird selig. Mir kommen gleich die Tränen, du gerechter Mann des Gesetzes.- Und damit wir uns richtig verstehen. Mein Abzug ist gespannt, nimm als die Mündung von meiner Brust."

„Übertreibe dein Spiel nicht, Eastackey", grunzte Fisher und senkte das Gewehr. „Ich warne dich zum letzten Mal. Möglicherweise bist du gar nicht so groß, wie du glaubst." Sporenklirrend marschierte er aus dem Saloon.

Zu dem Barkeeper sagte Eastackey: „Bringe mir einen Spaten, Chico. Hörst du, besorge mir einen Spaten. Ich werde mein Mädchen begraben."

Stumm nickte der Junge und hetzte zum Hinterausgang.

Überraschenderweise erschien noch einmal Clay T. Fisher. Er betrat die Schenke aber nicht. Er blieb draußen vor der Pendeltür stehen und rief in den Raum hinein: „Bill Eastackey? Roland Buck lässt dir ausrichten, er wartet auf dich im Golden Hill Palast. Hast du kapiert, Eastackey? Roland Buck hat Sehnsucht nach dir. Lass ihn nicht zu lange warten."

Umständlich zündete sich Eastackey eine Zigarette an. Tiefer Frieden breitete sich in ihm aus. Es war so weit. Er war am Ende einer langen Reise angelangt. Roland Buck wartete. Schleppend sagte er: „Ich werde kommen. Sage Buck, ich bin auf dem Weg zu ihm."

Chico kam mit einer schmalen Schaufel zurück und legte sie neben der Toten.

„Wo wirst du sein, Sternträger", fragte Eastackey. „Auf welcher Seite stehst du, wenn mich Bucks Leibgarde empfängt?"

„Er ist allein. Ich sorge für einen fairen Kampf."

„Du bist ein Speichellecker", antwortete Eastackey respektlos. Er zerrieb mit dem Stiefelabsatz die halbgerauchte Zigarette und klemmte den Schaufelstiel hinter den Revolvergurt. „Du bist ein Mann ohne Ehre."

Die kochende Wut rötete Fishers Gesicht.

Eastackey achtete nicht mehr auf ihn. Er nahm die eingewickelte Ellen auf den Arm und humpelte zum Ausgang. Er stieß die Pendeltür auf und Fisher trat zur Seite.

Ein klirrender Ostwind peitschte Eastackey entgegen und stach unter seine Kleidung.

Dunkel und verlassen schlängelte sich die Hauptstraße vor ihm. Die Petroleumlampen an den Gehsteigen waren erloschen. Irgendwo wieherte ein Pferd und ein Hund kläffte zurück. Ein loser Fensterladen donnerte monoton gegen die Hauswand.

Eastackey setzte sich in Bewegung. Hart schallten seine Schritte auf dem hölzernen Gehsteig. Er konnte sie ihn der Nacht nicht sehen. Aber er fühlte sie, die unzähligen Augenpaare hinter den unbeleuchteten Glasscheiben, die Gesichter, die sich die Nase plattdrückten und ihm sensationslüstern hinterher blickten.

Bei jedem Schritt schlug der Spatenstiel gegen sein Hosenbein. Er spürte nichts. Weder das Gewicht Ellens, noch den scharfen Wind, der ihm den Atem von den Lippen nahm, auch nicht den stechenden Schmerz in der kaputten Kniescheibe.

Für einen Wimpernschlag vergaß er den Hass und den Tod. - Vergaß Roland Buck und Bert Sulfast und das Zuchthaus Yuma. Vergaß zehn Jahre Hölle.

Es gab allein nur die tote Ellen in seinen Armen. Er versuchte sich zu erinnern, wie sie war, als sie noch lachte und die Lebensfreude aus ihren Augen strahlte. Als sie beide noch jung und unbeschwert waren. Es gelang nicht. Die Zeit hatte die Erinnerung ausgelöscht. Nacht für Nacht, Jahr für Jahr, hatte er sich ausgemalt wie es sein wird, wenn er sie wiedersehen würde. Und dann war alles ganz anders. Sie waren nur wenige Stunden vereint. Noch immer glaubte er das Salz ihrer Tränen und ihre bittersüßen Küsse auf seiner Zunge zu schmecken.

Er erschauerte.

Nun war seine Ellen tot und sie wird ihn nie wieder küssen. Er konnte den Duft ihrer Haut nicht mehr einatmen und die Weichheit ihres Körpers nicht mehr fühlen. Ellen, die Frau seines Todfeindes. So viele Träume und Illusionen starben mit ihr.

Er erreichte den gespenstischen Friedhof, hinkte durch die verwitterten Gräber und suchte einen freien Platz.

Ungeheuer schonend bettete er den Leichnam auf die kalte Erde. Er nahm den Spaten zur Hand und bearbeitete den gefrorenen Boden. Er grub kein besonders tiefes Loch. Nur so groß, dass er Ellen hinein betten konnte. Ein letztes Mal wollte er ihr Gesicht noch sehen und er lüpfte die Wolldecke. Alabasterweißes Antlitz, rosa Lippen und goldenes Haar. Er glaubte, Ellen wäre nur eingeschlafen und würde jeden Augenblick erwachen. Sie war wunderschön. Er kniete nieder und küsste sie ein letztes Mal. Rasch richtete er sich hoch und schaufelte die ausgehobene Erde über die Leiche, bis ein kleiner Erdwall sie zudeckte.

Ein Grab ohne Namen, ohne Kreuz und in ein paar Monaten wird das Unkraut darauf wuchern und niemand wird wissen, wer hier begraben liegt.

Krampfhaft wollte er ein Gebet sprechen. Aber es fiel ihm nichts ein. Es war zu lange her, dass er gebetet hatte.

Schließlich murmelte er: „So Long, Ellen, goodby. Grüße mir den Himmel, wenn du oben ankommst. Ich hoffe, dir geht es jetzt besser. Und wer weiß, vielleicht komme ich auch bald nach."

Es schmerzte ihn, wie er sie beerdigen musste und er dachte daran, wie man ihn einmal begraben wird. Auch ohne Sarg, ohne Kreuz, eingescharrt wie ein wildes Tier.

„Nun werde ich Roland Buck töten", flüsterte er klanglos und seine erkalteten Finger spielten mit der filzigen Hutkrempe. „Hörst du mich, Liebling? Ich löse mein Versprechen ein. Ich töte diesen Bastard."

Der böige Sturm besänftigte sich übergangslos und verlor die schneidige Kälte und ohne Ankündigung fing es zu schneien an. Millionen und Abermillionen weißer Schneekristalle tanzten vom schwarzen Nachthimmel auf die Erde. Die weichen Flocken legten sich auf sein Gesicht und die Wärme der Haut ließ sie schmelzen und als Wasser über die spröden Lippen tröpfeln.

Die Nacht erhellte sich mit wirbelnden und glitzernden Schneesternen. Sie landeten auf den dürren Zweigen der kahlen Bäume, segelten auf die Häuserdächer und überdeckten die schmucklosen Grabstätten.

Eastackey stülpte den Hut auf das schneefeuchte Haar und verließ steifbeinig den bizarren Ort.

Auf dem Weg zum Golden Hill Palast kam er an ein Waffengeschäft vorbei, an dem er innehielt. Ohne lange nachzudenken, zog er den Colt und schoß dreimal auf das schwere Vorhängeschloss. Beim dritten Schuss sprang es auf und er konnte die Tür aufstemmen. Im Raum war es stockfinster und er zündete ein Streichholz an. Er fand schnell, was er brauchte. Im Waffenregal hing eine große, doppelläufige Parkerflinte, deren Läufe gekürzt wurden, um der Waffe auf geringer Distanz eine verheerende Wirkung zu geben. Er schnappte sich das ungesicherte Gewehr, klappte beide Läufe auf und kontrollierte die Munition. Die Parker war geladen und die Ladung würde einem Stier den Kopf vom Nacken reißen.

Befriedigt lächelte Eastackey, klemmte sich die Flinte unter die Achsel und ging aus dem Geschäft ohne den Eingang wieder zu schließen.

Der Schneefall wurde zunehmend zum dichten Unwetter.

Auf einmal entdeckte Eastackey eine einsame, schmächtige Gestalt im Schneetreiben, die sich über die leere Straße auf ihn zu kämpfte.

Seine Hand legte sich auf den Revolverkolben und entspannte sich, als er die Umrisse erkannte.

Es war Susanne Spider, das Mädchen aus dem Speiselokal. Sie trug einen langen, schneebehafteten Pelzmantel und eine Winchester in den Händen. Einen Meter vor Eastackey blieb sie stehen und schüttelte das Weiß aus ihren Haaren.

„Was willst du hier?" fragte er unfreundlich.

Mit dem Ärmel rieb sie ihre Augen frei und sagte: „Es war mein Vater, den Buck umgebracht hatte. Ich will dabei sein, wenn du ihn umlegst. Außerdem brauchst du meine Hilfe."

„Ich brauche keine Hilfe von dir. Du behinderst mich. Geh nach Hause zu deinen Kochtöpfen."

„Nein, das werde ich nicht tun", erwiderte sie widerborstig. „Zehn Jahre habe ich auf dich gewartet und ich will dabei sein. Du kannst mich nicht abweisen. Wir werden Buck gemeinsam zur Strecke bringen. Ist das klar, Bill Eastackey?"

„Das ist unmöglich, Susanne. Der Kampf wird schwer genug. Da kann ich nicht auch noch auf ein leichtsinniges Mädchen aufpassen. Du bist mir ein Klotz am Bein."

„Ich will mit", beharrte sie wie ein aufmüpfiges Kind.

„Susanne, sei vernünftig..."

„Wenn du mich nicht mitnimmst, gehe ich allein in den Golden Hill und pumpe Buck den Bauch voll Blei. Genau das tue ich."

Beinahe musste er lachen über ihre Sturheit. „Du bist verrückt, Kleines. Du hast eine Kugel in deinen schönen Kopf, bevor du Amen sagen kannst."

„Das ist mir egal. Ich bleibe bei dir, ob es dir passt oder nicht."

„Kleines..."

„Ich bin nicht dein Kleines", protestierte sie. „Ich bin kein unreifes Mädchen, dem man Stubenarrest erteilt."

„Du machst es einem nicht leicht", seufzte er. Dann schlug er blitzschnell zu. Er traf sie voll am Kinn und sie verdrehte die Augen und fiel lautlos um. Er fing sie auf und trug sie in das Waffengeschäft zurück und deponierte sie auf den Verkaufstisch.

Wenig später stand er wieder im Freien. Susannes Gewehr lag im pappigen Matsch und er beförderte es mit einem Fußtritt auf die Fahrbahn hinaus.

Er rückte den Waffengurt zurecht, schob den Hut tief in die Stirn und trat dem Schneegestöber entgegen.

„Roland Buck, ich komme!"

***

Vor dem hellerleuchteten Golden Hill Palast stoppte Bill Eastackey seine Schritte. Er stand inmitten des Blizzards, der wie ein Irrwisch durch Denver tobte, und den Körper zu einem Eisklumpen gefrieren ließ. Er stapfte die Treppe hinauf zu gläsernen Eingangstür und drängte sich in das Innere.

Hinter ihm schepperte die Tür ins Schloss.

Eastackey beutelte sich wie ein nasser Hund und der pappige Schnee spritzte von der Kleidung. Dann hüpfte er von einem Bein auf das andere, um die Kälte zu verscheuchen, hauchte dabei in seine gefroren Hände, bis sie wieder auftauten.

Aufmerksam blickte er sich um.

Der große Saal bot sich menschenleer dar. Roland Buck hatte anscheinend dafür gesorgt, dass alle Gäste nach Haus gingen. Im Inneren des Tanzpalastes konnte Eastackey keine auffällige Veränderung er kennen. Alles sah aus wie früher, als wäre er nie fort gewesen.

Sogar das alte Piano stand am gleichen Platz. Nur Kurt Cock fehlte.

Dieselben purpurroten Vorhänge vor der Tanzbühne, die gewaltigen Kronleuchter an den Decken, die lange Bartheke mit dem überdimensionalen Wandspiegel. Wie oft hatte er hier am freien Wochenende gefeiert und getrunken. Die Nacht zum Tage gemacht.

Unnatürlich laut hallten seine Stiefeln im unbesetzten Raum. Er hinkte zur Theke und legte die Parkerflinte ab.

Er hatte sehr viel Zeit. Roland Buck wird kommen.

Plötzlich unterbrach Klaviergeklimper die Grabesstille und Eastackey schrak kurz zusammen. Die Musik schien aus einen der Zimmer des oberen Stockwerks zu dringen.

Das Lied, welches gespielt wurde, kannte er gut. Longsome Star...
> Einsam bist du
> kommst nie zu Ruh,
> am Himmel leuchten dir Sterne
> reite weiter, Cowboy, reite in die Ferne.

Damals war das einmal die Lieblingsmelodie für ihn und Ellen. Wie oft tanzten sie nach diesen Takt. Für Ellen war das Lied für immer verklungen.

Eastackey brannte sich eine Zigarette an, massierte die Fingerknöchel, um sie geschmeidig zu machen.

Roland Buck war da. Irgendwo. Eastackey spürte seine Gegenwart, obwohl er ihn noch nicht sehen konnte.

Das Klavier verstummte.

Er inhalierte noch einen Zug, schnippte den Glimmstengel über die leeren Tischreihen hinweg und lüftete den Colt im Halfter.

Harte Schritte ertönten auf der Etage, begleitet von rhythmischen Sporenklingeln.

Unwillkürlich schaute Eastackey noch oben.

Und dort lehnte er an der Brüstung. Sein Todfeind Roland Buck. Der Mann, der ihm zehn Jahre seines Lebens raubte und ihn nach Yuma schickte.

Unbarmherzig drehte sich die Zeit zurück. Das Heute veränderte sich zu Gestern. Urplötzlich erinnerte sich Eastackey wie Roland Buck vor zehn Jahren zu Sulfast sagte: „Ich habe eine bessere Idee, eine viel bessere Idee..." Und der erwiderte: „Wir schicken dieses Stinktier nach Yuma! Einfach fabelhaft!"

Schnell schüttelte Eastackey die Vergangenheit ab und kehrte in die Gegenwart zurück. Ausgiebig musterte er Roland Buck von oben bis unten. Der war bekleidet aus wie ein Dandy. Weißer Leinenanzug, rote Kragenschleife, weißes Rüschenhemd. Sogar die Stiefel glänzten weiß. Buck hatte sich gewandelt, war fast nicht wiederzuerkennen. Glattrasiertes, braungebranntes Gesicht, streng nach hinten frisiertes, pomadiges, schwarzes Haar, hutlos. Arrogant lächelte er, dabei blinkten die drei Goldzähne, welche die ehemalige obere Zahnlücke ausfüllten. Der Körper wirkte massig, aber nicht fett.

„Hallo, Billy Eastackey, willkommen in meiner Stadt!" Elegant schob Buck die Rocksäume nach hinten und zeigte die beiden tiefhängenden Revolver.

Spöttisch sagte Eastackey: „Du siehst gut aus, Buck. Wie ein Zirkusdirektor. Fehlt nur noch der Zylinder. Wirklich, du machst was her. Bist eine tolle Nummer geworden. Übrigens, du weißt, dass dein Freund Bert tot ist?"

Buck nickte und trennte sich vom Geländer und trat an den Treppenabgang. „Ja, ich weiß das. Du hast ihn übel mitgespielt. Aber der arme Bert war ein Narr. Ich habe ihn gewarnt allein zu gehen. Er wollte nicht auf mich hören. Friede seiner Asche."

Unentwegt beobachtete Eastackey den weißgekleideten Erzfeind. Seine Linke ruhte auf dem Revolvergriff.

„Du hast meinetwegen eine weite Reise hinter dir", sagte Buck und setzte einen Fuß auf die erste Stufe. „Von Denver nach Yuma und wieder zurück."

Darauf antwortete Eastackey nicht. Auch die Augen verrieten wenig von dem auflodernden Feuer im Herzen und dem Zorn, der sich hochschaukelte.

Leichthin plauderte Buck und stieg Stufe für Stufe die Treppe zum Saal hinab. „Ich weiß auch, dass die bedauernswerte Ellen verschieden ist. Allerdings geht sie mir nicht allzu sehr ab. Sie war eine langweilige Ehefrau, kalt wie ein Fisch, frigide und unfruchtbar. Trotzdem, ein wenig trauere ich um sie."

Nur mit enormer Anstrengung gelang es Eastackey sich zu beherrschen. Sein Antlitz wurde kreidebleich. Er biss die Zähne zusammen, umklammerte den Colt so stark, dass die Handknöchel hervorstachen. Der ausströmende Hass schnitt ihm die Atemluft ab. Im Gesicht spannten sich die Bartstoppeln und die Nerven drohten zu zerreißen.

In diesen Moment wurde die Vordertür aufgestoßen und ein peitschender Windzug trieb einen Schneeregen in den Saloon hinein. Zwischendrin in den Turbulenzen huschte ein großer Schatten.

Wild fuhr Eastackeys Kopf herum und seine Hand zog die Waffe aus dem Halfter.

Doch er reagierte viel zu spät. Aus den brausenden Eisflocken raste eine grellrote Stichflamme auf ihn zu, erwischte ihn und torpedierte an die Thekenwand.

Nun feuerte auch Roland Buck von der Treppe her. Sie hatten Eastackey in der Zange.

Die Silhouette sprang aus der Schneeböe und Eastackey erkannte Clay T. Fisher, der die Winchester repetierte und im Zickzack auf ihn zusteuerte.

Mit einem Freudengeheul bejubelte Buck jede Kugel, die er abfeuerte und die ihr Ziel traf.

Eastackey spürte keine Einschläge. Wie angewurzelt verharrte er am Tresen und visierte den springenden Sheriff an. Als sich der Abstand auf drei Meter verringerte, schoss er.

Das Blei spaltete Fishers Kopf. Mitten im Sprung bremste er ab, als rannte er gegen eine Glaswand und knallte auf das Rückenkreuz.

Fast bedächtig drehte Eastackey sich um und richtete den Colt gegen Roland Buck, der am Stufenende angelangt war und ebenfalls schießen wollte. Aber der Schlagbolzen fiel auf eine leere Hülse.

Verärgert schleuderte Buck den nutzlosen Revolver weg und fischte nach dem zweiten an seiner Hüfte.

Ein Schwächeanfall erfasste Eastackey. Er blutete aus mehren Wunden. Die Waffe in der Hand wog zentnerschwer und er konnte sie nicht mehr halten. Vor seinen Augen verschwamm alles. Nur noch schemenhaft konnte er Buck erkennen. Die Sicht wurde immer unschärfer, bis es um Eastackey ganz finster wurde. Der Boden unter den Füßen klaffte auseinander und er drohte in den Abgrund zu stürzen.

Er wandte Buck den Rücken zu und versuchte krampfhaft sich an der Messingstange des Bartisches festzukrallen. Nur wenige Zentimeter von seiner Hand lag die abgesägte Flinte. Er ließ die Haltestange los und grapschte nach dem Gewehr, konnte es irgendwie ergreifen, hielt es an die Brust, stürzte und begrub die Waffe unter sich.

Gnadenlos schoss Buck auf den Fallenden. Bei jedem Schuss ging er einen Schritt vorwärts.

Eastackey bewegte sich nicht mehr.

Endlich hörte Buck auf zu schießen. Er senkte die Revolverhand und näherte sich den Regungslosen, unter dessen Leib sich eine immense Blutlache ausbreitete.

Eastackey lag auf dem Gesicht und das Blut und das Leben quellte aus seinen durchlöcherten Körper. „Lieber Gott, wenn es dich gibt, dann schenke mir ein wenig Zeit. Nur zehn Sekunden", flehte er. Als er den ersten Hahn der doppelläufigen Parker nach hinten bog, glaubte er ganz Denver würde das metallene Geräusch hören. Blutiger Speichel flutete aus seinem Mundwinkel.

Dumpfe Tritte in seinem Rücken, leises Sporensingen. Buck musste ihn gleich erreicht haben.

Nur noch ein Gedanke beseelte Eastackey: „Drei Sekunden, lieber Gott, gib mir noch drei Sekunden."

„Klick!" knackte es, als er den zweiten Hahn spannte. In den Ohren schallte es wie ein Donnerschlag. Er schluckte und ein erneuter Blutschwall brach über seine Lippen.

Jetzt war Roland Buck bei dem wie tot Liegenden angelangt und starrte ohne Bedauern auf ihn hernieder. Laut sagte er: „Du hast es also nicht geschafft, kleiner Billy. Zehn Jahre Yuma überlebtest du, doch nun haben dir ein paar Bleikugeln das Lebenslicht ausgeblasen. Tya, grüße mir die Hölle, Amigo!"

„Ich glaube", sinnierte Bill Eastackey beinahe heiter. „du täuscht dich gewaltig, Mister Roland Buck. Denn du landest vor mir im Ort der Verdammnis!" Er wälzte sich herum, erkannte den Weißgekleideten kristallklar über ihn stehen und die blutbesudelten Hände schwenkten die Parkerflinte hoch.

„Gottverdammte Scheiße!", fluchte Roland Buck zum letzten Male und er verwandelte sich augenblicklich in Stein. Lediglich die Pupillen weiteten sich vor Ungläubigkeit und vor blankem Entsetzen. Wie hypnotisiert glotzte er in die schwarzen Gewehrläufe und wusste, dass er noch einen Herzschlag leben würde und er nichts, aber auch gar nichts dagegen tun konnte. Er hörte die Explosion. Ein Blitzstrahl zuckte auf ihn zu, dann zerplatzte sein Trommelfell und schließlich wurde es stockdunkel um ihn herum.

Die geballte Ladung detonierte in seinem Gesicht und die Wucht der Druckwelle kanonierte ihn wie eine nasse Zeitung über den Holzboden hinweg. Er flog durch Tisch und Stühle und landete mit halbabgetrennten Kopf unter der Bühne.

Mühsam setzte sich Bill Eastackey hoch und lehnte sich mit dem Rücken an die Thekenwand. Er fühlte sich frei und unbeschwert und stiller Friede kehrte in ihn ein. Seine Augenlider fielen herunter. Er hatte es geschafft. Der lange, bittere Weg war zu Ende.

Es war vorbei. Für ihn und für alle anderen. Vorbei zehn Jahre Hölle, vorbei Kerker und Tod, vorbei der wahnsinnige Hass. Roland Buck und Bert Sulfast waren tot. So viele mussten sterben.

„...und bald werde auch ich gehen", dachte er müde und fühlte keinen Schmerz und keine Trauer. „Es ist viel zu kalt in diesen Raum. Jemand sollte den Eingang schließen, damit der Schneesturm draußen bleibt. Sonst brauche ich doch noch einen warme Lammfelljacke, obwohl ja Tote nicht mehr frieren sollen."

Noch einmal öffnete er die Augen und flüsterte: „He, Ellen, siehst du die vielen Schneeflocken auf deinem Grab? Sie tanzen allein für dich einen wunderschönen Reigen. Warte ein bißchen, Liebes, warte auf mich. Ich komme gleich zu dir. Warte, Liebes..."

***

Als wenigen Minuten später das Mädchen Susanne Spider mit rotgefrorenen Wangen, über und über mit Schnee beladen, in den totenstillen Saloon stürmte, war der hagere Bill Eastackey aus Colorado schon endlos lange verstorben. Das blutige Antlitz war friedfertig, ohne Hass und Zorn. Ein Lächeln auf den schmalen Lippen, als hätte er an etwas Schönes gedacht, bevor ihn der Tod zu sich holte. Vielleicht war Billy jetzt im Paradies...

Susanne kniete nieder und nahm den Toten die schwere Flinte aus den blockierten Fingern. Behutsam strich sie ihm über die Augen und küsste ihn zum Abschied auf den kalten Mund. „Ich danke dir, stolzer Billy. Ich danke dir für alles was du für mich getan hast. Goodby, ich wünsche dir, dass du endgültig deinen Frieden gefunden hast..."

***

Und Susanne Spider beerdigte Bill Eastackey in einem Sarg mit Ellen Cortwight. Damit sie für ewig vereint blieben.

Susanne sorgte auch für ein massives Holzkreuz mit beider Namen und kümmerte sich in all den Jahren um die Bepflanzung der Begräbnisstätte.

Oft verweilte Susanne am Grab, in dem der harte Bill Eastackey die letzte Ruhe fand. Sie wird ihn nie vergessen, den Mann, der zehn Jahre in der Hölle lebte und seinen Weg unbeirrbar zu Ende ging.

„Mach's gut, Billy Eastackey...!"

ENDE

Herstellung und Verlag:
BoD - Books on Demand, Norderstedt
ISBN 978-3-7431-0202-6